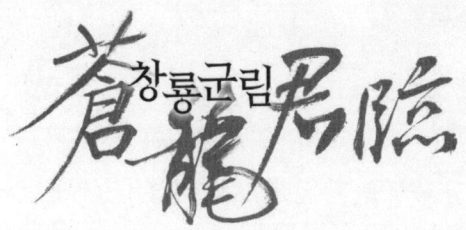

창룡군림 10

초판 1쇄 발행 2024년 9월 20일

지은이 ι 북미혼
발행인 ι 최원영
편집장 ι 이호준
편집디자인 ι 박민솔
영업 ι 김민원 조은걸

펴낸곳 ι ㈜ 디앤씨미디어
등록 ι 2002년 4월 25일 제20-260호
주소 ι 서울시 구로구 디지털로32길 30 코오롱디지털타워빌란트 1301-1308호
전화 ι 02-333-2513(대표)
팩시밀리 ι 02-333-2514
E-mail ι papy_dnc@dncmedia.co.kr
블로그 ι blog.naver.com/gnpdl7

ISBN 979-11-364-5580-2 04810
ISBN 979-11-364-5126-2 (SET)

※ 저자와 협의하여 인지는 붙이지 않습니다.
※ 이 책은 ㈜ 디앤씨미디어(파피루스)가 저작권자와의 계약에 따라 발행한 것으로 본사와 저자의 허락 없이는 어떠한 형태나 수단으로도 내용을 이용할 수 없습니다.

10

북미혼 신무협 장편소설

창룡군림

PAPYRUS ORIENTAL FANTASY

1장	7
2장	33
3장	61
4장	87
5장	113
6장	151
7장	179
8장	207
9장	233
10장	271

1장

 진무성은 전부터 곽청비와 백리령하 사이에 그가 이해할 수 없는 미묘한 뭐가가 있다는 것을 알고는 있었다.
 분명 대화조차 하지 않으려고 하는 등, 사이가 안 좋은 것처럼 행동을 하면서도 서로 간에 미워하거나 증오하는 그런 것은 느껴지지 않았기 때문이었다.
 그러나 근래는 대화도 잘하고 어떤 사안에 대해서는 의견 일치도 되는 등 많이 풀렸구나 할 정도로 사이가 괜찮아졌다고 알고 있었는데, 갑자기 둘 사이에서 이상한 긴장 관계가 형성되고 있으니 그로서는 뭐 때문에 그러는지 알 수가 없었다.
 하긴 당사자인 백리령하와 곽청비도 자신들이 지금 하

는 행동이 본래의 그녀들과 많이 다르다는 것을 인식하지 못하고 나오는 행동이니 그가 이해한다는 것은 애초에 어려웠다.

그때, 안으로 들어갔던 황보신이 중년인과 함께 헐레벌떡 뛰어나왔다.

중년인은 백리령하와 곽청비를 보자 포권을 하며 말했다.

"황보세가의 총관인 황보영국이라고 합니다. 검각과 천외천궁에서 오셨다고 했는데 누구신지 제가 알 수 있겠습니까?"

무림 오대세가의 총관이 그보다 어린 백리령하와 곽청비에게 매우 공손하게 대하는 것만 보아도, 검각과 천외천궁이 정파에서 차지하는 위치가 얼마나 대단한지를 간접적으로나마 알 수 있었다.

"전 검각의 검주인 곽청비라고 합니다."

황보영국은 검주라는 말에 깜짝 놀라 반문했다.

"정말 검각의 검주시란 말입니까?"

"예. 그리고 이분은 천외천궁에서 백리하 공자님이세요."

백리하라는 말에 황보영국의 눈이 더 커졌다. 백리하가 누구인지는 모르지만 천외천궁의 궁주가 백리 성을 쓰는 것은 알기 때문이었다.

"가주님을 만나고 싶으시다고요?"

"예. 가능하겠습니까?"

"혹시 제가 무슨 일인지 알 수 있겠습니까?"

"아주 중요한 일인지라 가주님께 직접 말씀드려야 합니다. 만약 안 된다고 하시면 그냥 돌아가겠습니다."

황보영국은 갑자기 끼어든 진무성을 의아한 눈으로 쳐다보았다. 여인 문파인 검각의 사람은 아닐 것이니 백리령하를 수행하는 천외천궁의 제자 정도로 생각했기 때문이었다.

"이분은 누구신지……?"

"진무성이라고 합니다. 이 두 분과 같이 왔습니다."

황보영국은 백리령하와 곽청비를 쳐다보았다. 하지만 둘 다 진무성이 나선 것에 대해 아무 말도 하지 않자 함부로 대할 사람은 아니라고 판단하고는 포권을 하며 말했다.

"저를 따라오십시오. 귀하신 분들이 오셨는데 그냥 돌아가게 할 수는 없지요."

* * *

사방 네 곳에 천마상과 아수라상, 혈마상 그리고 지옥

마상이 세워져 있고 중앙 벽에는 커다란 마신상이 세워져 있는 거대한 정청.

보통 사람은 그 안에 발을 디디기만 해도 온몸이 저려 올 것 같은 공포스러운 분위기를 풍기는 그곳에 십여 명의 괴인들이 도열해 있었다.

"귀곡신유."

태사의에 앉아 있던 커다란 덩치의 노인이 학사 차림의 남자를 불렀다. 천녀마교의 교주인 구유마종이었다.

"예, 교주님."

"알아보았느냐?"

"지금 대무신가에 대한 소문이 천하에 자자합니다. 심지어 대무신가가 마교이고 구마종까지 새로 만들었다고 합니다. 더욱 놀라운 것은 그들이 제황병까지 차지했다고 합니다."

"대무신가가 마교라고? 천하에 정통 마교는 우리 뿐이다. 그런데 감히 대무신가 따위가 구마종까지 키워 가며 본 교를 참칭하고 있다니!"

구유마종은 분노한 듯 입에서 마기를 풀풀 날리며 소리쳤다.

하지만 나서서 그의 말에 동조를 하는 자는 아무도 없었다. 모두는 고개만 숙인 채 서로의 눈치만 볼 뿐이었다.

"네놈들은 위대한 마교의 호법이자 장로들이다. 그런데 대무신가가 두렵느냐?"

구유마종은 모두를 훑어보며 다시 소리쳤다.

"교주님, 본 교에도 대무신가의 간세가 있습니다. 지금 대무신가를 대놓고 척을 지시는 것은 위험합니다."

장로중 한 명인 광풍신마의 말에 구유마종은 주먹을 꽉 쥐며 당장이라도 때려죽일 듯 노려보았지만 결국 손에 힘을 풀고 말았다. 그의 말대로 지금 대무신가와 싸울 수는 없었기 때문이었다.

"귀곡신유, 그렇게 비밀스럽게 행동하던 그들이 그런 소문이 퍼뜨린 것은 드디어 파멸계를 시작한다는 의미라고 생각하느냐?"

"그게, 좀 이상합니다."

귀곡신유의 말에 구유마종의 눈에 이채가 나타났다.

"이상? 자세히 말해 보거라."

"창귀라는 신비 고수가 나타나 대무신가에 크나 큰 피해를 입혔다는 보고가 기억나십니까?"

"그건 안다. 네가 얼마 안 가 대무신가에 의해 제거될 것이니 크게 신경 쓸 필요가 없을 것 같다고 보고하지 않았느냐?"

"제 분석이 잘못된 것 같습니다. 창귀는 창룡으로 새롭게 불리며 여전히 대무신가에 큰 피해를 주고 있다고 합니다. 대무신가에 대한 소문도 대무신가에서 낸 것이 아니라 그자가 일부러 퍼뜨린 것 같습니다."

"이유는?"

"구마종 중에 한 명인 장마종이 창룡에 의해 제거됐다는 소문도 같이 퍼지고 있기 때문입니다."

잠시 정청에 침묵이 흘렀다. 그들은 대무신가에서 키우는 초인에 대해 알고 있었다. 그리고 초인 중 가장 강한 자들에게 구마종이라는 이름을 붙인 것도 알고 있었다.

만약 소문대로 장마종을 창룡이 죽였다면 보통 사건이 아니기 때문이었다.

"사공무경은 천하를 천리안 보듯 모두 꿰뚫어 보는 자인데 왜 그놈은 그냥 두고 있는 거지?"

구유마종의 말에 귀곡신유가 조심스럽게 답했다.

"저도 처음에는 그게 이해가 되지 않았습니다. 그런데 대무신가의 사자가 이곳까지 찾아와 조화신병과 마노야 조사님에 대해 왜 그렇게 꼬치꼬치 묻고 갔을까를 생각하면서 이런 생각이 들었습니다."

"무슨 생각?"

"대무신가의 가주가 그자만은 찾아내지 못하고 있는 것은 아닐까 하는 생각이었습니다. 마노야 조사님께서 천재 중의 천재셨습니다. 그분께서 안탕산에 안배한 것이 무엇인지 저희는 아직 모릅니다. 만약 창귀가 마노야 조사님께서 안배한 자라면 대무신가의 능력까지 막아 낼 수 있지 않겠습니까?"

"마노야 조사님께서 안배를 한 것은 육백 년 전이다. 그런데 창룡이란 놈은 젊다고 하지 않았느냐? 그놈이 어떻게……."

말하던 구유마종의 입이 닫혔다. 그의 뇌리에 무엇인가 스쳐 지나가는 것이 있었기 때문이었다.

마노야는 분명 마교의 영광을 다시 찾을 수 있는 무엇인가를 안탕산에 마련한 것처럼 유지를 남겼었다. 그렇게 그들은 마노야의 능력을 믿었기에 수백 년의 시공을 떠나 그의 뜻대로 그를 찾았었다.

"귀곡신유."

"예!"

"마노야 조사님의 유전을 그놈이 찾을 확률이 있겠느냐?"

"마노야 조사님의 능력이라면 천재지변이 아니면 외부인이 그분의 유전을 찾는 불상사가 일어날 수 있는 확률은 없습니다."

"그래, 천재지변! 안탕산을 갔던 금면사자가 커다란 지진이 있었다고 보고를 했었다. 기억이 나느냐?"

"기억이 납니다. 하지만 지진으로 말미암아 출입구가 완전히 막혔다고 했습니다. 다른 외부인이 들어갈 수 있었겠습니까?"

"천재지변이면 가능하다. 그때 군관 한 명을 추적해 황도로 들어간다는 보고를 마지막으로 모두 죽었다고 했다."

"동창에게 발각되면서 모두 죽은 것은 사실로 판명이 되었습니다."

"군관 놈에 대해 올라온 보고들을 다시 면밀히 검토하고 가능하다면 그놈이 누구이고 어디에 있는지까지 알아내라."

"알겠습니다. 그런데 교주님."

"말해라."

"대무신가의 가주가 저희가 마노야 조사님에 대해 숨긴 것이 있다는 것을 알아낼 것입니다. 거기에 대한 대비도 하셔야 할 것입니다."

"그자의 능력이라면 곧 알아채겠지. 십만대산에 아무도 출입을 하지 못하도록 진을 발동시켜라. 만약 그 군관 놈이 마노야 조사님의 유전을 찾은 것이 분명하다면 반드시 그놈을 찾아 그 유전을 빼앗아 와야 한다. 그때까지 대무신가와 모든 연락을 끊는다."

구유마종은 마노야의 유전만 찾는다면 더 이상 대무신가에 굴종하는 치욕을 더 이상 당하지 않을 수 있다는 생각에 얼굴에 미소가 그려졌다.

* * *

귀빈청으로 안내된 진무성 일행은 다과가 놓인 의자에 앉았다.

"곽 검주, 검각에서 아주 귀하게 자랐을 텐데 힘들지 않아? 힘들면 이만 돌아가도 되는데."

"흥! 고양이 쥐 생각하는 것 같군. 공주야말로 천외천궁에서 금이야 옥이야 귀하게 자란 것으로 아는데? 공주야말로 힘들면 돌아가. 난 진 대협과 할 일이 많으니까?"

"진 형에 대해 안 것도 내가 먼저고 만남도 내가 훨씬 더 많은데 곽 검주하고 같이 할 일이 뭐가 있는데? 이런 여행에 여자가 끼어 있으면 모든 것이 불편하다고. 그러니까 돌아가서 단목 공자를 도우면서 기다려. 곡 검녀도 곽 검주가 우리를 따라간다니까 격하게 반대하던데?"

"여자가 끼어들어? 내가 공주를 봐서 계속 모른 척하니까 진짜 남자라도 된 것 같은가 보지? 내가 진 대협께

공주가 여자라는 것을 밝히면 아마 거짓말했다고 대로할걸?"

"그러니까 곽 검주가 아직 강호 경험이 없다는 거야."

"뭐야!"

"봐, 이 정도 말에도 발끈하잖아. 그 성격으로 어딜 가던 문제만 만들 수 있다는 것 몰라?"

"내가 왜 강호 경험이 없다는 것인지 확실하게 말하지 못하다면 나도 더 이상 못 참아."

"진 형, 무공이 어느 정도인지 곽 검주도 봤잖아? 아참 본 것은 아니고 들었나? 난 봤는데."

"흰 소리 말고 하던 말이나 끝내!"

"저 정도 고수가 내가 여자라는 것을 모르고 있을까?"

백리령하의 말에 곽청비의 아미가 살짝 좁아졌다.

그녀의 말대로 진무성 정도의 고수라면 상대의 기를 읽는 것은 여반장일 것이었다.

남자와 여자의 기의 흐름이 다르니 진무성이 그녀가 여자라는 것을 알고 있을 것이라는 그녀의 말은 일리가 있었기 때문이었다.

"그걸 알면서도 계속 진 형, 진 형, 거리면서 그와 같이 다닌다는 거야? 공주 설마 진 대협 좋아해?"

그녀의 말이 정곡을 찔렸는지 백리령하는 당황한 듯 급

히 말했다.

"뭐? 갖다 붙여도 뭘 그렇게 갖다 붙여! 그리고 저 사람은 사랑하는 여인이 있어."

순간 둘의 입이 동시에 닫혔다. 진무성에게 사랑하는 여인이 있다는 말에 충격을 받았기 때문이었다.

그런데 곽청비는 생각지 못했던 말에 충격을 받을 수도 있었지만 백리령하는 자신이 한 말에 스스로 충격을 받았으니 상황이 더욱 이상했다.

그녀는 설화영의 존재에 대해 생각하지 않으려고 했었다.

그리고 자신이 진무성에게 보이는 이상한 행동은 오로지 그에 대한 관심과 남자로서의 의리라고 애써 포장하고 있었는데 막상 스스로 사랑하는 여인이 있다고 말해 놓고 보니 이상하게 가슴이 아파 왔던 것이었다.

빈청 안을 어슬렁거리며 구경을 하던 진무성은 그녀들이 대화가 갑자기 끊기자 의아한 듯 고개를 돌렸다.

'별 이상한 것 가지고 다투는 것 같더니 왜 갑자기 저러지?'

그들이 매우 작게 대화를 나누었지만 진무성은 다 들을 수 있었다. 하지만 대화가 이상한 데로 빠지자 그는 일부러 그들의 대화를 끊어 버렸다.

계속 듣는 것이 좀 미안한 생각이 들어서였다.

'이제 오시는군.'

그때 세 명의 남자가 빈청으로 오는 것을 감지한 진무성은 그녀들이 앉아 있는 탁자로 걸음을 옮겼다.

"황보 가주님께서 오시는 것 같습니다. 그런데 무슨 일 있으셨습니까? 두 분 표정이 안 좋으시네요?"

"진 대협께서 상관할 일 아닙니다!"

곽청비가 싸늘하게 말하자 진무성은 어리둥절한 표정을 지었다.

'내가 뭐 잘못한 것이 있었나? 마 군관이 여인들은 실로 미묘해서 친해지면 정신을 못차린다고 하더니 진짜 혼란스럽군.'

그때 문이 열리며 세 명의 노인이 안으로 들어왔다.

척 보기에도 대단한 무공을 지닌 노인들은 한결같이 기골이 장대했다.

중앙에 서 있던 노인이 앞으로 나서며 포권을 했다.

"황보세가의 가주인 황보강권이라 하오. 천외천궁과 검각에서 나오셨다고요?"

진무성은 급히 공손히 포권을 하며 말했다.

"천하에 위명이 높으신 황보세가의 가주님을 이렇게 뵙게 되니 영광입니다. 전 진무성이라고 합니다. 그리고 이분은 천외천궁의 백리 공자님이시고 이분은 검각의 곽청비 검주님이십니다."

"백리합니다."

"검각의 검주인 곽청비입니다."

황보강권은 그들의 포권을 받으며 의아한 표정으로 진무성을 자세히 보았다.

천외천궁의 백리 공자는 아직 누구인지 모른다 쳐도 검각의 검주면 배분상으로는 그와 맞먹는 위치였다. 그런데 들어 보지도 못한 진무성이 먼저 나서서 인사를 하고 소개를 하는데 둘은 개의치 않는다는 듯 포권을 했기 때문이었다.

"이쪽은 본 가의 황보강욱 호법이시고 이쪽은 황보강덕 장로이시오. 그런데 진 대협은 처음 듣는 이름이구려. 본 가주가 견문이 짧아서 그런데 누구신지 자세히 소개를 좀 해 주시겠소?"

"소개하는 것은 그리 어려운 일은 아닙니다. 다만 비밀을 지켜 주실 수 있으시겠습니까?"

"가주님께 그게 무슨 무례요?"

듣고 있던 황보강욱이 기분이 나쁜 표정으로 끼어들었다.

"제가 좀 무례한 말을 하긴 했지요? 그런데 비밀 유지

약속을 하시지 않는다면 오늘 저희가 이곳에 온 용건을 말씀드리기가 어렵습니다."

당황한 것은 백리령하와 곽청비였다.

시작부터 이렇게 강력하게 나갈 줄은 몰랐기 때문이었다.

그녀들이 남궁세가와 당가에서 그리고 개방까지 세 곳 모두에서 협박조로 말했다는 사실을 알았다면 어떤 표정을 지었을까……

"검각의 검주께서 오셨다고 해서 반갑게 왔는데 좀 실망스럽군요? 이자가 누구인지 두 분께서 해명을 좀 해주셔야 할 것 같습니다."

장로인 황보강덕도 기분이 상한 듯 미소를 거두며 백리령화와 곽청비를 보며 물었다.

"두 분께서는 제 부탁 때문에 그냥 저를 따라오신 것뿐입니다. 불쾌하셨다면 죄송합니다만 두 분이 해명하실 일은 아닙니다."

황보강권은 진무성의 어이없는 말에도 곽청비와 백리령하가 전혀 반박하지 않자 얼굴이 굳어졌다. 둘이 가짜 같지는 않았다.

그렇다면 진무성이 그들을 능가하는 명성을 지니고 있다고 보는 것이 타당했다.

황보강덕이 다시 말하려 하자 황보강권은 손을 들어 말렸다.
 "손님이시다. 무례는 너희들도 보이고 있지 않느냐? 우선 손님으로 방문하셨으니, 용건부터 들어 보는 것이 우선이 아니겠느냐?"
 호법과 장로를 가라앉힌 그는 진무성을 보며 말했다.
 "그래, 진 대협이 누구신지는 오신 용건부터 듣고 알아보아도 되겠소?"
 "물론입니다."
 자리에 모두 앉았지만 처음의 화기애애한 분위기는 이미 사라졌고 어색함이 좌중을 덮고 있었다.
 "말해 보시겠소?"
 "제가, 강서 지역에서 몇몇 흑도파들을 없애려고 계획 중입니다. 그러다 보니 아무래도 지역의 패자이신 황보세가의 허락을 받는 것이 순리라는 생각이 들었습니다."
 순간 황보강권을 비롯한 세 명의 얼굴이 구겨졌다. 세상에 어떤 문파가 자신들의 세력권 안에 있는 흑도파를 없애려고 한다는 데 허락해 주겠는가……
 "지금 그것을 용건이라고 왔단 말이오?"
 황보강덕이 어이가 없다는 듯 반문했다.
 "오의현에 있는 철두방에 대해서 아시고 계십니까?"

철두방이라는 말에 모두의 표정이 살짝 굳어졌다.

"알고는 있소."

"그들의 악행이 어찌나 심한지 다른 성까지도 알려질 정도이더군요. 그것도 알고 계셨습니까?"

"하고자 하는 말이 뭡니까?"

"제가 대신 그들을 처리해 주겠다는 것이지요."

"그걸 말이라고 하시는 것이오?"

황보강덕의 말에는 가시가 있었다. 심기가 매우 불편했다는 의미였다.

"진 형, 오해의 소지가 있으니 전후 사정을 말씀드리는 것이 어떻겠습니까?"

"그러지요. 수많은 양민들의 생활을 파괴하고 여인들을 납치 또는 빚으로 엮어 다른 지역에 인신매매까지 하는 패륜적인 흑도파가 황보세가가 있는 남창에서 겨우 일마장 거리에 있음에도 그냥 두고 있으니 제가 대신 처리를 해 드리겠다는 것입니다."

백리령하의 표정이 살짝 변했다. 좀 유연하게 말하라고 한 말인데 오히려 더 심기를 건드리고 있었기 때문이었다.

그때였다.

"비밀을 지키지요. 진 대협이 누구신지 말씀해 보십시오."

황보강권의 말에 황보강욱과 황보강덕이 깜짝 놀란 듯 급히 말했다.

"가주님, 그건……."

"가만, 내가 결정한 일이니 더 이상 왈가왈부하지 마라."

황보강권은 둘의 입을 막고는 진무성을 쳐다보았다.

호법과 장로는 명분과 체면을 우선시하지만 가주인 그는 세가의 이해득실을 먼저 살펴야 했다.

천외천궁과 검각의 영향력은 정파에서는 무림맹의 맹주단과 맞먹을 정도였다. 게다가 검주라면 검각의 이인자였다. 그런 그들이 진무성에게 매우 우호적인 모습을 보이고 있었다.

그는 우선 약속을 하고 그에 대해 알고 난 후, 대처를 하는 것이 실수를 줄일 수 있다는 생각을 한 것이다. 약속 역시 그 가치가 없다면 지켜 줘도 세가에는 손해가 없다는 판단도 한몫을 한 것이다.

"말해 보시게. 진 대협의 정체에 대해서."

"가주님께서 저를 이해해 주셔서 감사합니다. 무림에서는 저를 창룡이라고 부릅니다."

모두의 눈이 커다래지는 것을 본 진무성은 다시 부언을 했다.

"지금 무림에서 저를 찾는 자들이 너무 많습니다. 대부분은 좋지 않은 이유이지요. 그러다 보니 제가 스스로 숨길 수밖에 없습니다."

"……진짜 진 대협이 창룡이시오?"

황보강권은 곽청비와 백리령하를 보며 물었다.

"창룡 맞습니다."

백리령하가 고개를 끄덕이자 모두의 표정이 달라졌다. 이미 아까 보였던 노한 기색은 모두 사라져 있었다.

"설마 흑도파를 하나 없애려고 이곳까지 오신 겁니까?"

"호남에서 제가 흑도파들을 제거했다는 말은 들으셨지요?"

"원체 크게 소문이 났는데 어찌 못 듣겠습니까?"

"같은 선상에서 행하는 일입니다. 당연히 호남에서도 제갈세가에게 허락을 받았습니다."

"제갈세가와 이미 만남이 있었다는 말입니까?"

"허락을 받지 않고 어찌 제갈세가의 세력권에서 흑도들을 그렇게 제거하고 다니겠습니까?"

황보강권의 표정이 살짝 변했다.

정파에서 오대세가라고 불린다고 마냥 서로 사이가 좋은 것은 아니었다.

하지만 황보세가와 제갈세가는 서로 간에 정보 공유 정도는 계속해 오던 사이였으니 뭔가 배신감 같은 것이 드는 것을 막을 수는 없었다.

그의 마음을 짐작한 듯 진무성은 부언을 했다.

"전 약조를 한 이상 그것은 반드시 지켜져야 한다고 생각합니다. 만약 그것을 어긴다면 신의를 저버리는 것이 아니겠습니까? 제갈세가에서 저와 혈맹을 맺은 것을 다른 문파에 얘기를 했다면 저와는 완전히 적이 됐을 겁니다. 그러니 제갈세가에서 아무 말도 하지 않은 것에 대해 서운해하지는 마십시오."

약속을 강조하면서 슬쩍 제갈세가와 혈맹을 맺었음을 넌지시 알리고 약조를 어겼을 시 자신과 적이 될 것이라는 협박까지 곁들이는 진무성을 보며 백리령하와 곽청비는 가슴을 쓸어내리는 불안감을 느끼고 있었다.

"혈맹까지 맺었다는 말입니까?"

황보강권도 놀란 듯 반문했다.

"지금 제갈세가는 남쪽으로는 혈사련이 호시탐탐 노리고 있고 악양에는 암흑무림까지 나타났습니다. 게다가 지금 마교일지도 모른다고 소문난 대무신가까지 기승을 부리고 있지 않습니까? 그래서 저들의 위협을 받게 되면 언제든지 서로에게 도움을 요청하고 도움을 받는 즉시 돕기로 했습니다."

"……그랬군요."

황보강권은 이해한다는 듯 고개를 끄덕였지만 속은 다급해지고 있었다.

황보세가 역시 남쪽으로는 혈사련의 위협이 있었고 동쪽으로는 팽창하는 천존마성의 세력과 맞닥뜨려 있었기 때문이었다. 하나, 그들이 먼저 우리와도 혈맹을 맺자는 말을 꺼낼 수는 없었다.

"제가 강서에 들어온 것은 호남에서 소탕하던 흑도파들과 강서의 흑도파들 간에 연결고리가 있기 때문입니다. 전 특히 여인을 인신매매하는 자들은 용서할 수가 없습니다. 하여 몇 개의 흑도파들은 없앨 생각입니다. 대신 창룡이 그들을 제거했다고 소문을 내시는 것은 괜찮습니다."

다른 세력이 황보세가의 세력권에 들어와 살인 행각을 벌인다면 다른 문파에 대한 체면을 생각해서라도 그냥 두고 볼 수는 없었다. 하지만 창룡이 그랬다면 아무런 행동을 취하지 않아도 그냥 넘어갈 확률이 컸다.

그것은 창룡의 명성이 황보세가를 넘었음을 반증하는 것이기도 했다.

"알겠습니다. 그렇게 하지요. 그리고 약조는 꼭 지키겠습니다."

"사실 제가 대무신가를 추적하면서 알아낸 사실인데 그들의 전력이 상상 이상으로 크더군요. 받아만 주신다면 황보세가하고도 혈맹을 맺고 싶은데 어떠십니까?"

"본가와도요?"

"예, 조건은 다른 문파와 똑같이 황보세가에 위기가 닥치면 제가 불문곡직 도우러 오겠습니다. 대신 저에 대한 나쁜 소문이 돌거나 저를 성토하는 자들이 있을 경우 적극적으로 저를 비호해 주시면 됩니다."

진무성이 먼저 말을 꺼내 주기를 바랐던 황보강권으로서는 옳다구나 하고 받아들여야 했지만 그는 잠시 뜸을 들였다.

"혈맹을 맺는 일은 노부가 비록 가주이긴 하지만 마음대로 결정할 수 있는 사안이 아닙니다."

"이해합니다. 남궁세가와 당가에서도 같은 말을 하셨습니다."

"남궁세가와 당가와도 혈맹을 맺었다는 말입니까?"

황보강권은 자신도 모르게 놀라 반문했다.

"저와 뜻을 같이하기로 한 문파는 생각보다 꽤 됩니다."

언급한 문파 말고도 더 있다는 말을 지나가는 듯 던지는 진무성을 보며 백리령하와 곽청비는 놀라지 않을 수 없었다.

마치 노회한 노고수 뺨칠 정도로 능수능란하게 상대가 오히려 안달하게 만드는 그의 화술에 탄복을 한 것이었다.

[너희 생각은 어떠냐?]

황보강권은 슬쩍 황보강욱과 황보강덕에게 전음을 보냈다.

[너무 중차대한 일이라 조금 의논이 필요하지 않을까요?]

"아, 그리고 저와 혈맹을 맺지 않는다 해서 황보세가와 안 좋은 사이가 되지는 않을 것입니다. 그러니 거절하셔도 됩니다. 단 지금 나눈 대화는 황보세가의 다른 분에게도 말씀하시면 안 됩니다."

마치 황보강욱의 전음을 듣기라도 한 듯 이어지는 진무성의 말에 황보강권의 표정은 더욱 심각해졌다.

의논조차 할 수 없게 된 때문이었다.

[가주의 권한으로 난 받아들일 생각이니 그렇게 알아라.]

결국 황보강권은 진무성의 제안을 받아들이고 말았다.

* * *

백리령하는 진무성의 옆으로 바짝 붙었다.

"너무 가까우면 말끼리 부딪칠 수 있습니다."

"제가 마술(馬術) 하나는 독보적이니까 그런 걱정은 안 하셔도 됩니다. 진 형."

"말씀하십시오."

"원래 그렇게 말을 잘했습니까?"

"제가 말을 잘했습니까?"

"제 심장이 콩콩 뛸 정도로 잘하던데요. 처음에는 무슨 대화를 이런 식으로 하나 걱정했는데 갈수록 상대를 가지고 놀다가 결국 원하는 바를 얻어 냈지 않습니까?"

'내가 말을 잘한다고……?'

백리령하의 말에 진무성은 고개를 갸웃했다.

2장

 진무성은 사실 자신이 말을 잘하는지 못 하는지도 모르고 있었다.

 실지로 그는 어려서 일을 할 때 말을 하면 어린 게 말이 많다, 시키는 일이나 하라는 등 혼나고 맞기 일쑤였다.

 이유 같지도 않은 이유였지만 그는 자신이 진짜 자신이 잘못해서 그런가 하는 생각을 하기에 이르렀다.

 결국 그는 거의 말을 안 하는 아이가 되었고 그다음부터는 대답을 안 하다고 맞았다.

 군에 와서도 그는 거의 말을 하지 않았다. 심지어 벙어리냐는 말을 듣기까지 했었다.

 화술은 당연히 몰랐다.

'그동안 설득이 잘되었던 것이 이유가 있었군…….'

진무성은 마노야 때문이라고 판단했다.

"어쨌든 일이 잘 풀렸으니 다행입니다."

"그런데 오대세가 말고 다른 문파와도 혈맹을 맺은 곳이 있습니까?"

"그건…… 비밀입니다."

"피!"

그녀는 입술을 삐죽거리며 평생 입 밖으로 내 본 적이 없는 말을 토하고는 자신도 깜짝 놀라 입을 손으로 막았다.

'피! 라니 내가 무슨 여자나 하는 이런 소리를…….'

그녀는 자신이 여자라는 사실을 잊고 살았던 것 같았다. 그리고 이제 숨어 있던 여자의 본성이 진무성에 의해 조금씩 나타나고 있음을 아직은 모르고 있었다.

* * *

오의현에 들어온 진무성 일행은 제법 규모가 있는 주루를 찾아 들어갔다.

그들을 보던 점소이는 후다닥 달려오더니 그들을 이 층 창가에 있는 자리로 안내를 했다.

진무성은 자신들을 안내 한 점소이에게 슬쩍 물었다.
"철두방이 어디요?"
"예?"
점소이는 철두방이라는 이름만 들어도 무서운지 몸을 움찔하며 반문했다.
"철두방 모르시오?"
"압니다! 오의현에서 철두방을 모르는 사람이 어디 있겠습니까? 저쪽 이 층 누각 여러 채 있는 곳이 보이시지요?"
"보입니다."
"그 옆에 깃발이 꽂혀 있는 장원도 보이십니까?"
"보이네요."
"거기가 철두방 총단입니다. 오의현에 처음 오신 분 같은데 저 근처로는 절대로 가시지 마십시오. 공자님처럼 돈이 있어 보이는 사람을 보면 무조건 시비를 겁니다."
"그래요? 그건 거의 비적이나 마찬가지 아닙니까? 관에서는 그걸 알고도 놔둡니까?"
"전부 한통속입니다. 돈을 먹이는데 안 넘어갈 자들이 어디 있겠습니까?"
"그럼 황보세가에 진정을 하지 그러십니까?"
"그랬던 적도 있었습니다. 하지만 사람을 죽인 적이 없고 사람들이 자발적으로 돈을 빌려 간 것이라 무림인으로서는 건드릴 수가 없다고 했다는군요."

"정말 자발적으로 빌린 겁니까?"

"오의현이 집성촌입니다. 대부분이 다 친척입지요. 그러다 보니 한 집이 빚을 지면 그 친척들까지 괴롭힘을 당합니다. 대신 갚으라는 거지요. 그런데 갚아 주려고 해도 한 달도 안 되어 원금의 다섯 배 이상으로 불어나니 어쩌겠습니까?"

"양민들이 많이 원망하겠구려?"

"원망이 아니라 원수들입니다. 저만 해도 그놈들 때문에 집안이 풍비박산(風飛雹散) 났습니다. 아버지는 그놈들 등쌀에 견디다 못해 자살하셨고 어머니도 병이 나서 돌아가셨습니다. 하나밖에 없는 제 여동생은 저놈들이 빚 대신에 끌고 갔고요. 당장이라도 이곳을 떠나고 싶지만 여동생을 구해서 같이 가려고 버티고 있는 중이지요."

진무성은 의아한 듯 점소이를 보았다. 보통 점소이는 그 지역의 흑도파나 왈패들에 대한 험담을 절대 하지 않았다.

그런데 그는 철두방에 큰 원한이 있다는 것을 눈까지 붉혀 가며 토로하고 있었기 때문이었다.

"철마방에서 알면 어쩌려고 다 말하시는 거요?"

"죽는 것 따위는 겁 안 납니다."

점소이는 죽음 따위는 이미 각오하고 있다는 듯 말하고는 앞에 앉아 있는 백리령하와 곽청비를 쳐다보았다.

그가 이런 것은 바로 그녀들의 등에 검이 매여 있었기 때문이었다. 스스로 원한을 갚은 능력은 없고 여동생 역시 구출해 낼 방도가 전혀 보이지 않았다.

그런데 진무성이 철마방에 대해 묻자 혹시나 하는 기대감을 갖고 다 말해 버린 것이었다.

진무성도 그의 마음을 눈치챈 듯 말했다.

"반 시진이 지나면 소문 하나 내주시겠소?"

"소문이요? 무슨 소문이신데……."

갑자기 소문이라니……

점소이는 불안한 표정으로 물었다.

"오늘 철마방은 오의현에서 완전히 사라질게요. 그들이 죽은 후에 그들이 가지고 있던 돈을 그동안 괴롭힘을 당했던 오의현 백성들에게 나눠 줄 생각이니, 많이 와서 돈을 받아 가라고 전하면 되오."

"저, 정말이십니까?"

"나쁜 놈들이 활개 치며 선량한 백성들을 괴롭히는데 어찌 그냥 두겠소."

점소이는 그대로 무릎을 꿇고는 절을 했다.

"드디어 하늘이 제 소원을 들어주신 것 같습니다. 정확히 반 시진 후에 모두 가라고 연락하겠습니다. 감사합니다."

* * *

"야! 오늘 수금액이 왜 이렇게 적어!"

철두방의 방주 오철두는 수금표를 보더니 짜증 난다는 듯 소리쳤다.

오철두는 철두공을 익힌 자로 상대를 모두 박치기로 이기고 오의현을 장악한 자였다. 본명이 따로 있었지만 철두는 그의 이름이 되어 버렸고 그 역시 스스로를 오철두라고 소개했다.

어찌나 욕심이 많은지 돈에 게걸 들린 사람처럼 돈이 되는 일은 안 끼어드는 곳이 없었다.

당연히 오의현의 양민들은 지옥 같은 삶을 살고 있었다. 다행히 황보세가라는 거대 정파의 세력이 가까운 곳에 위치해 있어서 살인은 없다시피 했지만 그에게 맞아서 불구가 된 사람은 부지기수였다.

"오늘 돈벌이가 좀 시원찮은가 보네?"

"어떤 새끼가 입을 함부로 터는 거냐!"

갑자기 들려온 소리에 오철두는 대로한 듯 벌떡 일어서며 주위에 있는 수하들을 노려봤다. 하지만 수하들 역시 어리둥절한 표정으로 좌우를 둘러보고 있었다.

"날 찾냐?"

두리번거리던 수하들은 그들 사이에서 목소리가 들리자 화들짝 놀라 뒤로 물러섰다.

"너, 너, 넌 누구냐!"

그들 바로 옆에 서 있었는데 아무도 모르고 있었으니 놀라지 않을 수 없었다.

"뭐 하냐! 저놈 죽여!"

오철두 역시 놀란 듯 진무성을 쳐다보더니 악을 쓰듯 소리쳤다.

한 장한이 도끼를 빼어 들며 진무성에게 달려들었다.

"컥!"

가볍게 장한의 머리를 잡은 진무성이 머리를 획 돌려 버리자 장한은 짤막한 비명을 지르고는 그대로 즉사해 버렸다.

그리고 그것이 시작이었다.

"아악!"

"으아악……!"

순식간에 십여 명이 죽어 나갔다. 진무성을 보는 그들

의 눈은 공포에 휩싸여 버렸다. 죽어 나가는 동료들보다 진무성의 손에 잡힌 창을 보았기 때문이었다.

"차, 차, 차……."

살아남은 자들을 창룡이라는 명호조차 제대로 부르지 못하고 사방으로 도망을 치기 시작했다.

호남에서 창룡에게 흑도파들이 어떻게 죽어 나갔는지 그들 역시 들었기 때문이었다.

도망치던 수하 중 또다시 너댓 명이 더 죽어 나갔다. 도망에 성공한 자들은 겨우 세 명에 불과했다.

물론 소문을 내라고 진무성이 일부러 살려 준 것이었다.

"대, 대, 대협! 제, 제, 제, 제가 대협께 무슨 죄를 저질렀는지 모르지만 무조건 잘못했습니다. 명하시는 것은 무엇이든 따를 것이니 목숨만 살려 주십시오. 제게는 나이 든 노모와 어린 자식이 있습니다. 제발 목숨만 살려 주십시오."

오철두는 진무성의 정체를 알자 저항 자체를 아예 포기한 듯 넙죽 엎드리며 목숨을 구걸했다.

"그래? 그럼 노모와 어린 자식이 있는 사람들은 왜 그렇게 괴롭혔는데?"

"저, 저는 상인입니다. 괴롭힌 것이 아니라 받을 돈을 받은 것뿐입니다. 대협께서도 빌려준 돈을 갚지 않는 자들이 있다면 조금 강압적으로라도 돈을 받아 내야 하지 않겠습니까?"

"상인이라? 그럼 여자들을 다른 성으로 팔아 버린 것은 어떻게 설명할 건데?"

"여자들은 돈 대신에 받은 것뿐입니다. 오히려 저 때문에 더 편해진 여자들도 많습니다."

"그런데 네가 호남에 보내는 여자들 수가 꽤 많던데 누가 수급해 주는 건지 말해 봐라."

"예? 그런 적 없는…… 아아악!"

대답을 하던 오철두의 입에서 처절한 비명이 터져 나왔다. 진무성의 그의 손을 밟아 아예 피떡으로 만들어 버렸기 때문이었다.

"목숨만 살려 달라고 하더니 살고 싶지 않은 모양이구나? 난 답을 원하지, 모른다. 아니다 같은 답을 원하는 것이 아니다."

"으으윽~ 정, 정말입니다. 전 무슨 말씀이신지 모르겠…… 카아악!"

답하던 그의 입에 숨넘어가는 비명소리가 다시 이어졌다.

이번에는 팔뚝을 밟아 뼈까지 가루로 만들어 버린 것이다. 이미 고통이 극심한 상태에서 이어지는 고통은 더욱 괴로운 법이었다.

"여자들은 어디서 받아 어디로 보내는지 말해라."

"으으윽……."

오철두는 답을 못하고 신음만 흘렸다. 모른다. 아니다 하면 이제 어디를 밟을지 알 수 없었다. 그렇다고 답을 할 수도 없으니 아예 답을 하지 않기로 한 것이다.

"아, 내가 하나 말하지 않은 것이 있다. 답을 안 하면 더 괴로워진다."

동시에 그의 창이 오철두의 혈도를 열 군데 이상을 찔렀다. 순간 오철두의 눈이 휙 돌아가며 입에 거품을 물었다.

방금까지의 고통도 견디기 어려웠는데 분신착골의 고문은 차원이 달랐다. 설골까지 고통의 경련이 일어나며 비명소리조차 나오지 않았다.

"대답할 생각이 들면 말해라."

진무성은 쳐다보지도 않고 방 안을 뒤지기 시작했다. 그리고 곧 그는 비밀 금고를 찾을 수 있었다.

'흑도 놈들은 어떻게 숨기는 것도 이렇게 비슷하지? 정말 못 찾을 것이라고 생각하는 건가?'

오철두의 의자를 치우자 바닥에 나타난 금고문을 보며 진무성은 비소를 흘리며 금고문을 열었다.

안에 쌓인 재물을 본 진무성은 고개를 살래 흔들었다. 안에 든 재물의 양이 예상보다 엄청났기 때문이었다. 게다가 언제든지 도망을 칠 준비를 했는지 대부분 돈과 금붙이 같은 현금성 재물들이었다.

돈을 전부 꺼낸 진무성은 또 다른 금고를 발견했다. 그곳에는 수백 장에 달하는 차용증이었다.

"이놈들한테 돈을 빌리는 것이 지옥으로 들어가는 관문이라는 것을 정말 모르는 걸까? 아니면 이렇게라도 돈을 빌려야 할 정도로 절박했던 걸까?"

차용증을 보는 진무성은 자신의 가난했던 시절을 생각나자 표정이 착잡해졌다.

"사. 살려……"

그때, 오철두가 젖먹는 힘까지 짜내며 간신히 입을 열었다.

"그 정도 고통을 당하면 대부분 죽여 달라고 하던데 넌 살려 달라고 하는 것을 보니 목숨에 애착이 많구나. 그럼 얘기할 준비가 된 거냐?"

오철두는 고통에 찬 표정으로 고개를 간신히 끄덕였다.

"으아아악!"

진무성의 창끝이 다시 움직이고 분신착골이 풀리자 오철두의 입에서 비명 소리가 봇물 터지듯 터져 나왔다.

"소리친다고 아픈 것이 사라지지 않는다. 조용히 해라!"

진무성의 경고에 그의 입이 닫혔다.

"그럼 다시 시작해 보자. 여자들은 어디서 받아오는지 말해 봐라."

"그, 그건……."

오철두는 더 이상 버티기 어려운지 입을 열기 시작했다.

[어떻게 생각해?]

곽청비는 고문을 하고 있는 진무성을 보며 안색이 창백해져 있었다. 이런 고문은 생각해 본 적이 없었다. 실지로 검각의 무공은 상대의 고통을 최소화하기 위해 단숨에 목줄을 끊어 버리는 수법이 주류를 이루고 있었다.

[모르겠다. 저 사람의 행동은 정파의 행동은 아닌 게 분명하지만 효율성은 좋은 것 같아.]

분명 진무성의 행동은 그녀에게도 충격적이었다. 그러나 적들을 추적하고 정보를 알아내는 데 무엇보다도 좋은 방법이라는 것은 알 수 있었다.

백리령하는 속으로 탄식을 터뜨리며 말을 이어 갔다.

[저 사람이 언젠가 내게 말한 것이 있었어. 그때는 그게 무슨 뜻인지 몰랐는데 이제 그 의미를 알 것 같아.]

[뭐라고 했는데?]

[사람을 해하는 악마 같은 자들을 사람에게 대하는 방식으로 대하는 것은 가장 우매한 방식이라고 하더라.]

대화를 나누는 둘의 표정은 매우 복잡다단(複雜多端)해져 있었다.

* * *

좌아악-

굵은 빗방울이 쏟아지는 깊은 숲속 허물어진 사당.

비가 새는 사당 안에는 일곱 명의 괴인들이 모여 들기 시작했다.

그들은 떨어지는 빗방울을 보고 있는 중년인의 뒤에 시립해 나갔다.

그때 빗속을 뚫고 한 인영이 사당 안으로 들어섰다. 놀랍게도 빗속을 달려온 그의 몸에는 물기가 전혀 없었다.

그는 중년인의 뒤로 다가가더니 허리를 숙이며 말했다.

"마종님 갈웅휘 다녀왔습니다."

"갑자기 전할 급보가 무엇이더냐?"

"창룡의 흔적이 발견되었다고 합니다."

순간 마종이라고 불린 중년인의 몸에서 살기가 뿜어져 나왔다. 진무성에 대해 극도의 살의를 가지고 있음을 알 수 있었다.

그는 사공무경의 명을 받고 진무성을 죽이기 위해 급파된 초인동의 궁마종이었다. 그의 뒤에 있는 자들은 구단계와 팔 단계 초인들이었다.

그는 구마종중 장마종과 사이가 특히 좋았었다. 그런데 그가 창룡에 의해 죽었다는 말을 들었으니 원한을 가질 이유는 충분했다.

"어디냐?"

"강서 남창에 나타났습니다. 흑도파 하나를 작살을 냈다는 보고입니다. 가주님의 예측이 정확히 맞은 것 같습니다."

"강서라…… 흠! 네 말대로 가주님의 예측이 맞았군."

"그놈의 동선을 안 이상 사망동까지 갈 필요가 있겠습니까? 아예 예상되는 동선에 기다렸다가 죽이는 것이 어떨까 싶습니다."

궁마종은 잠시 생각을 하더니 고개를 저었다.

"가주님께서 사망동에서 기다리라고 하신 것은 이유가 있으실 게다. 우린 사망동으로 간다."

"언제 올지 모르는 상황에서 그냥 사망동에서 기다리는 것은 시간 낭비가 아닐까요?"

궁마종의 옆에 서 있던 노인이 의견을 말하자 궁마종은

고개를 저으며 말했다.

"악양에서 남창을 지나 가는 선을 그어 보면 장운현을 지나간다. 그리고 장운현에는 적운산이 있다. 그놈은 지금 사망동으로 가고 있음이 분명하다. 그냥 간다."

놀랍게도 궁마종은 모든 지리를 빠삭하게 외고 있는 듯했다. 말을 마친 그가 머리에 짚으로 만든 챙이 넓은 삿갓을 쓰자 모두는 같은 모양의 모자를 썼다. 그리고 곧 그들의 모습은 빗속으로 사라져 버렸다.

　　　　　　　　＊　＊　＊

"아가씨, 무슨 생각을 하세요?"

초선은 설화영이 뭔가 깊은 생각에 잠혀 있자 조심스럽게 물었다.

"그냥……."

"그냥이 아니신데요? 무슨 근심이 있는 것 같기도 하고…… 무엇 때문에 이러실까?"

"근심은 무슨, 아무 생각도 하지 않는다니까."

"혹시 진 대인께서 위험하기라도 하신건가요?"

"아니야."

"그럼 뭔데요? 얘기 좀 해 보세요. 제가 도움이 될지도 모르잖아요?"

 잠시 생각하던 그녀는 고개를 끄덕이더니 속마음을 토로했다.

"상공께서 여난에 휩싸일 것 같구나."

"예? 그게 무슨 말이세요?"

"상공 옆에 여인들이 모일 것이라는 거다."

"정말이에요?"

"영웅의 옆에 여인이 있는 것은 당연한 일인데 뭘 그리 놀라느냐?"

"아가씨, 그럼 이렇게 여기 계시면 안 되지요. 당장 대인 곁으로 가세요."

"왜?"

"왜라니요? 당연히 아가씨께서 옆에 계시면서 여인들이 꼬이는 것을 막으셔야지요."

"꼬이다니? 어찌 그런 상스러운 말을 하는 게냐? 상공의 옆에 다가오는 여인들은 우리가 함부로 말해서는 안 될 귀한 신분의 여인이다. 말 조심하거라."

"아무리 귀한 분들이라고 해도 진 대인 옆에 있도록 해서는 안 된다고 생각합니다. 아니! 진 대인께서 그러시면 안 된다고 봅니다."

"그러니까 왜 그래야 한다는 말이냐?"

"아가씨께서 사랑하시잖아요?"

"사랑이라는 말로 상대를 제약하려 든다면 그게 어찌 사랑이겠느냐?"

"아이, 참! 답답하네. 아가씨, 사랑하는 사람에게 다른 여인을 만나지 말라고 하는 것은 제약이 아니라 권리예요."

초선이 어불성설이라는 듯 흥분해서 말하자 설화영은 실소를 지으며 말했다.

"넌 나이도 나보다 어리고 남자를 사귀어 본 적도 없으면서 그런 말은 어디서 배운 것이냐?"

"제가 낙원루에 있을 때 기녀 언니들이 읽던 염정소설(艷情小說)은 꽤 읽었거든요. 거기에 남녀의 사랑에 대해서 많이 나오는데 언니들 말에 의하면 대부분 맞다고 하더라고요."

맞다는 말에 호기심이 동했는지 설화영이 슬쩍 물었다.

"그래서 어쩌는 것이 좋다고 하더냐?"

"사랑은 양보가 아니라 쟁취라고 했대요. 그러니까 아가씨께서도 대인께서 다른 여인들 만나는 것을 그냥 두고만 보시지 말고 전면에 나서서 막아야 한다는 거지요."

"나 아니었으면 상공께서 이렇게 위험한 일에 연관이 됐겠느냐? 난 상공께 그럴 자격이 없다."

"아가씨께서 그러셨잖아요. 대인께서는 영웅의 길을 갈 수밖에 없다고요. 그럼 아가씨가 아니었어도 천하가 위기에 처한다면 결국 나서셨을 거예요."

"……."

초선의 말이 위로가 좀 되긴 했지만 그렇다 해도 자신을 지키기 위해 진무성을 유혹했다는 사실이 달라지는 것은 아니었다.

진무성은 전혀 생각도 하지 않고 있거늘, 그녀 혼자 죄책감을 느끼고 있으니 답답한 상황일 따름이었다.

"아가씨, 제가 보기에는 대인께서도 아가씨를 사랑하는 것이 분명해요. 그러니까 아가씨만 좀 적극적으로 나가시면 대인은 절대 아가씨를 몰라라 하지 않으실 거예요."

'적극적으로 상공을 잡으라고…….'

언제나 죽음의 위협에 도망만 다니던 그녀에게 생각지도 못했던 고민이 생기고 있었다.

그녀가 고심하는 그때, 진무성은 무엇을 하고 있을까?

* * *

"뭐라고요? 아니, 여기까지 같이 왔는데 이제 헤어지자니 그걸 말이라고 하는 거예요!"

그들이 같이 없앤 흑도파들은 이미 여섯 군데가 넘었다. 더 많은 흑도파를 없앨 생각이었지만 창룡이 강서로 넘어와 흑도파를 없앤다는 소식이 퍼지면서 거의 동시에 모든 흑도파들이 도망을 치거나 숨어 버린 바람에 그 정도에서 그친 것이다.

거기다 흑도파들이 소탕된 곳에서는 돈 잔치가 벌어졌다. 진무성이 압수한 돈을 양민들에게 다 나누어 주었고 차용증은 모두가 보는 앞에서 전부 불태웠기 때문이었다.

흑도라 해도 양민이었고 외부적으로는 대부업을 하는 것이기에 진무성의 행동은 관의 입장에서는 비적의 짓이나 다를 것이 없었다.

하지만 창룡이란 말에 관조차도 끼어들 생각을 하지 않았다. 아니 못했다. 현령이나 포두들조차 창룡을 두려워했기 때문이었다.

당연히 강서의 양민들은 창룡에게 환호를 했다. 강서의 호사가들 역시 열광을 하며 주루마다 창룡에 대한 경외와 존경 그리고 신비함을 열심히 선전을 했다.

일류급의 무공만 지니고 있어도 해낼 수 있는 흑도파만을 제거했는데 무림의 명성까지 더 높아지는 것은 매우 특이한 현상이었다.

그런데 계속 같이하던 진무성이 사망동이 있는 적운산

이 보이는 곳에 도착하자 갑자기 백리령하와 곽청비에게 헤어지자고 한 것이었다.

당연히 그녀들은 반발을 했다.

곽청비의 말에 백리령하 역시 그 말은 따를 수 없다는 듯 받았다.

"진 형, 여기까지 왔는데 갑자기 이러시는 이유가 뭡니까?"

"두 분은 제게 천군만마와 같은 조력자이십니다. 전 두 분이 다치는 것을 원치 않습니다."

"진 형의 무공이 대단하신 것은 인정합니다. 하지만 저희들 역시 그렇게 약하지 않습니다."

"압니다. 약한 것이 아니라 매우 강하시지요. 그럼에도 이번에는 제 말을 들어주십시오."

"갑자기 이러시는 이유를 알 수 있겠습니까?"

진무성은 적운산을 다시 보더니 무겁게 입을 열었다.

"제가 강호에 나온 후, 이렇게 강력한 위기를 느낀 적이 없습니다. 아무래도 저들이 제가 올 것을 예상하고 함정을 파고 기다리고 있는 것은 아닌가 싶습니다."

"그렇다면 사망동이 대무신가와 연관이 있을 것이라는 진 형의 추측이 맞았다는 것 아닙니까?"

"그렇지요."

"그런데 여기서 위기가 느껴진다는 것입니까?"

적운산을 유심히 보던 곽청비가 믿기지 않는다는 듯 반문했다.

화경 이상의 경지에 이르면 위기가 다가오면 몸이 저절로 반응한다는 것은 무림인들에게는 널리 알려진 사실이었다. 실지로 그녀들 역시 그런 경우가 꽤 있었다.

이유는 살기일 수도 있고 마기일 수도 있었다. 그런데 적운산은 멀어도 너무 멀었다.

그녀로서는 이곳에서 적운산에 위험이 있다는 것을 감지한다는 것이 말이 안 되었기 때문이었다.

"제가 두 분을 떼어 놓기 위해 거짓말을 한다고 생각하십니까?"

"진 대협께서 거짓말을 한다고 생각하지는 않습니다."

그녀는 급히 변명을 했다.

"그럼 액면 그대로 믿고 제 말을 따라 주십시오."

"그럴 수는 없습니다. 저희 검각에서는 대무신가와 마교간에 진짜 연관이 있는지 아니면 그들이 마교 자체인지 밝혀야 할 의무가 있습니다. 그렇다고 진 대협의 말씀을 의심하는 것은 아닙니다. 검각에는 짐작이 아닌 증거를 보고해야 하기 때문입니다."

"진 형, 곽 검주 말씀대로 저희가 여기까지 따라 온 것은 놀려는 것이 아닙니다. 저희에게도 대무신가의 정체를 확실하게 알아야 할 임무가 있습니다."

답 없이 다시 적운산을 주시하던 진무성은 고개를 살래살래 흔들며 말했다.

"사망동에 도착하면 서로 도움을 주기도 어렵습니다. 전 두 분이 제 말을 따라 주시기를 바랍니다."

"그럴 수는 없습니다. 천외천궁이나 검각은 죽음이 두려워 위험을 피하지 않습니다. 진 형이라면 위험하다고 제가 빠지라고 하면 빠지시겠습니까?"

그녀들의 고집을 꺾기 어렵다고 판단한 진무성은 그녀들의 동행을 허락한 것이 실수였음을 탄식할 수밖에 없었다.

그녀들의 말도 틀린 것은 없었기 때문이었다.

"두 분을 따르고 있는 분들이 꽤 되는 것으로 압니다."

진무성의 말에 둘은 눈이 살짝 커졌다. 사실 그녀들에게는 그녀들을 보호하는 친위대가 따르고 있었다. 다만 변장을 하고 상당히 먼 거리에서 따르고 있어서 겉으로 드러나지 않을 뿐이었다.

"알고 계셨습니까?"

"두 분 같이 고귀한 지위를 지니신 분들에게 호위가 없다면 그게 더 이상한 일이 아니겠습니까?"

"호위가 있는 것은 맞지만 저희가 고귀해서 그런 것은

아닙니다."

"그분들을 모아 주십시오."

"모두 말입니까?"

"다만 피해가 상당할 수 있습니다."

진무성의 심각한 표정을 본 그녀들은 그의 말이 절대 허튼 소리가 아님을 직감할 수 있었다.

"정의를 위한 일이라면 피해를 두려워할 수는 없겠지요."

"검각은 악마들을 제거하기 위해 존재하는 문파입니다. 피해를 두려워한다면 이미 검각이 아닙니다."

"좋습니다. 같이 가시지요."

진무성의 말에 둘의 얼굴에는 미소와 함께 근심이 같이 떠올랐다.

미소는 드디어 계속 같이할 수 있다는 표현이었고 근심은 자신을 따르는 가족 같은 친위대가 희생될 수 있다는 염려 때문이었다.

* * *

"창룡이 거의 다 왔다."

사망동의 심처에 자리를 잡고 있던 궁마종이 몸을 일으

키며 말했다.

"지금 적운산 근처에는 본 동의 수하들이 변복을 하고 철저히 감시를 하고 있습니다. 아직 수상한 자들이 나타났다는 보고는 없었습니다."

사망동주인 사공지문은 의아한 듯 반문했다.

"아니, 분명 왔다."

궁마종 역시 진무성이 느낀 위기 감지 신호를 느낀 듯했다. 그런데 그 신호가 진무성이 느낀 것과는 비교가 안 될 정도로 강했다.

"이미 모든 준비는 끝났습니다. 놈들이 경계를 뚫고 숨어 들었다 해도 살아 돌아가지는 못할 것입니다."

"놈은 장마종을 죽였다. 쉽게 봐서는 안 된다. 모두에게 전투 준비를 하라고 해라. 기관과 함정 역시 제대로 작동을 하도록 다시 점검해라."

"알겠습니다."

"너희들은 가주님께서 지정해 주신 위치로 가라."

그는 같이 온 초인동 무인들을 보며 말했다.

사망동의 기관과 함정 등 모든 것을 완벽하게 아는 사공무경은 이들을 보낼 때 어떻게 싸워야 할지까지 세세히 지시를 했었다.

"알겠습니다."

모두가 떠나자 궁마종은 언제나 등에 매고 있던 상자를 풀었다.

안에 들어 있는 고색창연한 색의 활.

그는 천천히 활을 조립하기 시작했다.

3장

 적운산으로 들어선 진무성은 중턱쯤 도착하자 갑자기 걸음을 멈췄다.
 "적들이 우리가 올 줄 알고 있었던 것 같습니다. 이미 준비를 하고 있네요."
 진무성은 적운산 입구에서부터 수상한 기운을 느끼고 있었다. 하지만 백리령하와 곽청비가 느낄 때까지 모른 척해 주었다. 그녀들을 배려한 것이었다.
 "저도 느꼈습니다. 그런데 생각보다 수가 꽤 많군요."
 "적들이 준비 태세를 갖추고 있다면 저희가 모두 함께 움직이는 것은 위험하다고 봅니다. 백리 형과 곽 검주께서는 친위대들과 함께 먼저 앞장을 서서 가십시오. 아마

적들의 공격이 신랄할 겁니다. 조심하십시오."

"지금 찢어져서 움직이자는 겁니까?"

백리령하가 못마땅한 표정으로 반문했다.

"저들과 무조건 정면 대결을 하는 것은 미련한 짓입니다. 제게는 두 분이 모르는 능력이 하나 더 있습니다. 지금 같은 상황에서는 그 능력이 효과가 가장 좋다고 생각합니다."

"어떤 능력이신데요?"

곽청비는 믿기 어렵다는 투로 물었다. 진무성이 자신들을 위험한 곳에 데려가지 않기 위해 하는 말로 들렸기 때문이었다.

"제가 꽤 괜찮은 살수이기도 합니다."

"살수 무공까지 안단 말입니까?"

백리령하와 곽청비는 동시에 놀란 듯 되물었다.

정파에서는 살수를 가장 비겁한 무림인이라고 천시했다. 당연히 정파인이 살수 무공을 익혔다면 그 저의를 의심했고 치욕적인 행동으로 지탄받았다.

하지만 살수 무공을 천시하는 것과는 별개로 그 위력만은 인정하고 있었다.

인간의 방심을 이용한 가장 비겁하고 치사한 방식의 살인을 하는 자들이지만 분명 수많은 무림 고수가 그보다

약한 살수에게 죽임을 당하는 경우가 절대 적지 않았기 때문이었다.

그런데 진무성 같은 절대 고수가 살수로 변신한다면 그 누가 있어 그의 암살을 피할 수 있을까……

"이들은 아주 잔인한 자들입니다. 그리고 무서운 자들이기도 하지요. 이런 자들을 상대하면서 정공법만 고집하는 것은 미련한 짓이 아니겠습니까? 두 분께서 외부의 적들을 제거하며 시선을 끌어 주신다면 제가 좀 더 수월하게 사망동을 없앨 수 있을 것입니다."

"외부의 적은 저들에게 맡기고 저희는 같이 사망동으로 들어가겠습니다."

곽청비는 자신들의 친위대를 가리키며 말했다.

"곽 검주께서는 임무만 중요하신가 봅니다."

"무슨 의미시지요?"

"두 분이 빠지시면 저들은 모두 전멸합니다. 지도자는 가족들의 안전도 책임지는 자세가 필요하다고 봅니다."

평소와 달리 진무성이 정색까지 하며 말하자 그녀는 더 이상 고집을 부릴 수 없었다.

"진 형 말대로 하지요. 단, 외부의 적들을 모두 제거하면 진 형을 따라 사망동 안으로 진입할 것이니 그것까지 막지는 마십시오."

"모두 제거하셨다면 당연히 들어오셔야지요. 그럼 부탁합니다."

말을 마친 진무성은 더 이상 시간을 끌 여유가 없다는 듯 스르르 사라져 버렸다.

그리고 그런 그를 보며 백리령하와 곽청비의 얼굴이 굳어졌다.

검노나 죽검파파도 순식간에 사라지는 보법을 알고 있었다. 그러나 진무성은 그들과는 차원이 달랐다.

사라지는 순간 그의 기운까지 그대로 사라져 버렸기 때문이었다.

상대의 기척을 전혀 느끼지 못한다. 그런데 상대의 무공이 자신보다 높다면…….

만약 상대가 적이라면 결과는 자신들의 무공을 제대로 펼쳐 보지도 못하고 죽을 것이라는 사실을 그녀들도 잘 알고 있었다.

* * *

은밀잠영을 펼치며 산으로 올라가기 시작한 진무성은 예상보다 많은 적들이 잠복을 하고 있는 것을 느끼자 잠시 고심했다.

백리령하와 곽청비가 조금이라도 수월하게 하기 위해서 그들을 좀 제거할까 하는 생각이 들어서였다. 하지만 곧 포기하고 떠나 버렸다.

'강한 여인들이니 괜찮을 거야.'

자신이 그러한 행동을 보이는 것이 오히려 그녀들을 무시하는 것으로 비춰질 수도 있기 때문이었다.

사망동에 대한 지식이 전혀 없었지만 찾는 것은 어렵지 않았다. 그에게 위험 신호를 주는 장소였기 때문이었다.

말 그대로 천장단애(千丈斷崖) 절벽 앞에 도착한 진무성은 주위를 살폈다.

'최소한 오십여 명, 하나같이 일류 고수 이상이야. 대무신가는 도대체 어디까지가 끝인 걸까?'

진무성은 절벽 주위를 지키는 오십여 명의 경계무사들을 보며 또 한 번 대무신가의 저력에 대해 놀라고 말았다.

그리고 전면전을 벌이는 것은 절대 피해야 한다는 마음을 더 굳혔다.

사망동의 입구는 절벽의 중간에 있었다. 어찌나 교묘한지 알고 보기 않았다면 절대 찾을 수 없을 것 같았다.

거기다 입구까지 높이가 십 장 가까이 됐고 칼로 자른 듯 매끈해서 여간한 고수도 올라가기 쉽지 않아 보였다.

당연히 숨을 곳조차 없어서 누구든 올라가려고 시도한다면 당장에 잠복해 있는 자들에게 들킬 수밖에 없는 구조였다.

하지만 그런 어려움은 보통 고수들에게나 통할 불편이었다. 진무성은 어느새 절벽에 탁 붙었고 순식간에 절벽을 올라갔다.

사망동의 입구에도 다섯 명의 무인들이 경계를 서고 있었지만 올라온 진무성의 종적을 발견할 수는 없었다. 은밀잠영은 은신술의 최고봉으로 살수 무공이라기보다 술법에 가까운 무공이었기 때문이었다.

사망동의 안은 낮임에도 시꺼먼 것이 그 끝이 보이지 않는 지옥의 심연 같았다.

누구라도 그 앞에 선다면 멈칫할 수밖에 없는 공포를 주는 동굴이었지만 진무성은 조금의 머뭇거림없이 안으로 사라졌다.

* * *

"궁마종님, 적운산 곳곳에서 싸움이 벌어졌습니다."
"곳곳? 한 명이 아니라는 것이냐?"
"최소한 수십 명은 되는 것 같습니다."

"창귀에게 세력이 있었다는 건가?"

"그냥 세력이 아닙니다. 하나같이 대단한 무공을 지녔다고 합니다. 외곽을 지키는 자들의 피해가 만만치 않습니다."

"창귀에 대해서는 보고가 들어온 것이 없느냐?"

"창귀에 대한 자료가 없다 보니 누가 창귀인지 수하들도 알 수가 없다고 합니다."

궁마종은 아무말 없이 조립이 끝난 활시위를 팽팽하게 당겼다.

탕!

활시위를 놓자 청아한 소리와 함께 줄이 진동을 했다. 놀라운 것은 화살도 재지 않았음에도 앞에 있는 청동상에 마치 화살이라도 지나간 듯 구멍이 생긴 것이었다.

"무궁술(無弓術)까지 완성을 하셨군요? 궁을 사용하는 무림인들 중 궁마종님의 경지에 오른 자는 초대 궁마종 정도밖에 없을 것입니다."

활을 앞에 내려놓은 궁마종은 눈을 감았다. 잠시 그렇게 있던 궁마종은 눈을 번쩍 떴다.

"가깝다."

"예?"

"놈이 이미 가까이 왔다는 말이다. 사망동 안에는 아무 이상이 없느냐?"

"사망동 입구에 육십 명에 달하는 수하들이 경계를 서고 있습니다. 그들의 눈을 속이고 안으로 들어오는 것은 불가능합니다."

"대무신가는 물론 초인동까지 그놈에게 계속 당한 것은 너무 방심해서였음을 아직 모르느냐? 너에게는 불가능일지 몰라도 그놈에게는 가능할 수도 있다. 나가서 모두에게 아무 일도 없는지 확실하게 다시 한번 점검해라."

"알겠습니다."

보고자가 나가자 궁마종은 일어서더니 옷을 입기 시작했다. 궁을 사용하기에 알맞게 만들어진 옷이었다.

그는 긴 화살이 담긴 활통을 등에 맸다. 그리고 옆구리에는 작은 화살이 백 발씩 담긴 작은 활통을 달았다. 작은 크기의 각궁도 두 개나 가슴에 달려 있었다.

화살이 부족하거나 활이 고장날 경우까지 대비한 것이었다.

'창귀! 네놈이 들어왔다면 반드시 내 손에 죽을 것이다!'

그는 천천히 방을 나갔다. 창귀를 상대할 곳을 이미 준비해 놓은 그였다.

　　　　　　　＊　＊　＊

　사망동 안은 미로 그 자체였다. 어찌나 길이 여러 갈래로 갈라지는지 보통 사람은 동굴 안을 빙빙 돌다가 죽을 수도 있을 것 같았다.
　진무성은 벽에 손바닥을 갖다 댔다.
　그러자 그의 진기가 벽에 흘러들기 시작했다.
　'기관이 있고…… 여기도 기관이 있고…… 함정이 많군.'
　흙과 돌이 아닌 쇠의 기운을 감지한 진무성은 백리령하와 곽청비를 데리고 오지 않은 것을 다행이라고 생각했다.
　그때, 진무성의 눈에 이채가 나타났다. 드디어 잠복해 있는 자들의 기를 감지한 것이다. 그리고 순식간에 그의 신형이 사라졌다.

　　　　　　　＊　＊　＊

　[동주님께 연락이 왔다. 모두 아무 일 없느냐?]
　사망동 경비대장 요단호는 자신의 주위에 잠복하고 있는 수하들에게 전음을 보냈다.
　[이상 없습니다.]
　[이상 없습니다.]

[여기도 아무 일 없습니다.]

……

계속 된 보고를 들은 요단호는 벽에 느리워져 있는 줄을 두 번 잡아당겼다. 이상 없다는 신호였다.

'컥!'

줄을 당기고 다시 동굴 앞 쪽을 보던 그의 눈이 눈동자가 튀어나올 듯 커졌다. 그는 자신의 목을 뚫고 나온 것을 손을 들어 만졌다.

'차, 창…… 창귀…….'

성대가 완전히 부숴진 그는 침음성도 내지 못하고 고개를 떨구고 말았다. 그리고 그것은 시작에 불과했다.

조용한 학살이 이런 것일까…….

이미 수십 명이 죽어 나갔지만 사망동은 조용하기만 했다. 그는 겸손하게 말했지만 지금 상황을 누군가 보았다면 고금제일의 살수라고 칭했을 것이 분명했다.

* * *

[갈웅휘, 뭔가 좀 이상하지 않아?]

팔 단계 초인인 서병개는 이상한 느낌에 같은 초인인 갈웅휘에게 전음을 보냈다.

[너도 느꼈냐? 이게 궁마종님이 말씀하신 위기 신호일까?]

분명 아무런 기도 감지할 수 없음에도 가슴이 떨려오는 이상한 느낌이었다.

[너무 조용해.]

[지금 모두 잠복해 있으니 당연히 조용해야지?]

[그거랑은 좀 다르지 않냐?]

둘은 점점 진해지는 긴장감에 무기를 든 손이 식은땀으로 젖는 것을 느꼈다.

그때 갈웅휘가 빠르게 몸을 회전하며 도를 자신의 뒤를 향해 휘둘렀다.

[왜 그래?]

서병개는 깜짝 놀라 주위를 살폈다.

[뭔가 스멀스멀 몸을 기어 다니는 느낌이 들었다.]

갈웅휘의 말에 서병개는 잠시 생각하더니 크게 소리쳤다.

"적이다!"

갈웅휘 같은 고수가 이유 없이 갑자기 그런 느낌을 받을 리 없다고 판단한 그는 적이 침입했다고 판단한 것이다.

하지만 소리친 서병개의 표정이 일그러졌다.

사망동은 동굴로 그가 내공까지 섞어 외친 소리는 사방으로 퍼지며 동굴을 흔들고 메아리까지 울려야 했다. 그런데 그의 목소리가 어디선가 막힌 듯 멈췄기 때문이었다.

"웬 놈이냐!"

갈웅휘도 느낀 듯 잠복한 곳에서 튀어나오며 소리쳤다. 하지만 곧 그의 얼굴이 일그러졌다.

자신의 발바닥을 뚫고 창 하나가 그의 목을 향해 찔러왔기 때문이었다. 그는 급히 고개를 젖히며 도를 땅을 향해 후려쳤다.

서병개도 창이 튀어나온 땅을 향해 도를 내려쳤다. 화경을 넘어서는 수준의 팔 단계 초인이 내려친 땅은 그대로 크게 파이고 말았다. 그리고 동시에 흙먼지가 앞이 보이지 않을 정도로 시야를 가렸다.

하지만 그것은 그들에게는 더 불리해졌다. 암흑의 공간에서 싸움을 시작한 진무성은 앞이 보이지 않아도 얼마든지 보이는 것처럼 싸울 수 있었기 때문이었다.

여러 차례 창과 도가 부딪치는 파열음과 함께 불똥이 계속 튀었다.

그렇게 일각쯤 지났을까…….

흙먼지가 천천히 가라앉자 남은 것은 두 구의 시신뿐, 진무성의 모습을 어디에도 보이지 않았다.

그렇게 짙은 어둠 속, 소리 없는 징치가 진행되고 있었다.

* * *

 진무성이 사망동에서 싸움을 이어가고 있을 때, 바깥의 상황은 더욱 격렬하고 처절했다.
 '대무신가는 이런 자들을 어떻게 이렇게 많이 보유를 하고 있는거지? 대부분이 초일류급의 무공을 지니고 있어.'
 이미 열 명이 넘게 적을 제거한 백리령하는 싸울수록 놀라고 있었다. 어느 문파이건 외곽을 감시하는 무사들까지 일류급을 둘 수는 없었다. 그런데 지금 싸우는 자들은 보통 문파에 가면 정예 무인나 중견 무인으로 불려도 하등 지장이 없을 정도로 강했기 때문이었다.
 [아가씨, 적들을 모두 제거했습니다.]
 그때 검노의 전음이 들려왔다.
 [대원들 피해는 어때?]
 [여섯 명이 죽고 다친 대원은 열 명 가까이 됩니다.]
 [검노, 부상자는 우선 이곳에서 상처를 치료하라고 해. 진짜 싸움은 아직 시작도 안했어. 모두에게 정신 똑바로 차리라고 해.]
 [알겠습니다.]
 그녀의 기에 감지된 적들의 방어선은 세 개나 됐다. 검

노가 이끄는 친위대원의 숫자는 오십 명이었다. 모두 천외천궁의 최정예들로서 숫자는 적어도 전력은 어디에도 꿇리지 않을 정도로 강력했다. 그런 그들이 겨우 일차 방어선을 제거하는데 열 여섯이나 되는 사상자가 생겼다는 것은 정말 놀라운 일이 아닐 수 없었다.

만약 곽청비가 이끄는 검각이 다른 쪽에서 공격을 하면서 적들을 분산시키지 않았다면 승패를 가늠할 수 없었을 것은 명약관화했다.

'곽 검주는 잘 하고 있겠지?'

검각의 제자들의 수는 이십 명에 불과했다. 물론 한 명 한 명의 무공이 천외천궁의 제자들보다 더 강했지만 적들의 기세가 만만치 않으니 걱정이 될 수밖에 없었다.

그리고 그녀의 염려대로 곽청비 역시 대단히 놀라고 있었다.

* * *

[검주님, 천외천궁 역시 모두 제거에 성공한 것 같습니다. 위로 이동하고 있다는군요.]

죽검파파의 전음에 곽청비는 침통한 표정으로 고개를 끄덕였다. 자신과 죽검파파가 같이 공격에 나섰음에도 네 명이나 죽었다.

검각은 수하라고는 하지만 모두 자매같이 끈끈한 관계를 가지고 있었다.

곽청비는 입술을 질근 씹으며 말했다.

[적들은 강하고 살수만 쓰고 있다. 모두는 적에게 자비심을 보이지 마라. 네가 머뭇거리는 순간 내 자매가 내 동료가 죽을 수 있다. 적을 맞닥뜨리며 서슴치 말고 적의 숨통을 끊어라!]

[알겠습니다.]

[예!]

검각의 제자들은 곽청비의 말에 비장한 표정으로 답했다.

[간다. 아직 적은 많다.]

곽청비가 산 위로 몸을 날리자 모두는 검을 고쳐 잡으며 그 뒤를 따랐다.

* * *

자연적으로 만들어졌다고 보기 어려울 정도로 거대하게 만들어진 동공(洞空).

동굴 안에 이렇게 커다란 광장이 조성되었다는 것은 진

정 자연의 신비가 아닐 수 없었다.

절벽의 중간에 서서 광장을 주시하는 궁마종의 표정이 매우 심각해 보였다.

"왜 그러십니까?"

역시 긴장한 표정으로 광장을 같이 보고 있던 구단계 초인인 목인우는 궁마종의 표정이 긴장을 넘어 불안하기까지 해 보이자 의아한 듯 물었다.

"좀 이상하지 않느냐?"

"무엇이 말입니까?"

"너무 조용해."

"지금 초긴장 속에서 잠복 중입니다. 숨소리도 내지 말라고 명을 내렸으니 조용할 수밖에 없지 않겠습니까?"

"넌 위험신호가 느껴지지 않느냐?"

"……사실은 저도 위험신호를 느끼고 있었습니다."

"그놈은 지금 상당히 우리 가까이 와 있다."

"사망동 안에까지 들어왔다고 보십니까?"

"거기까지는 나도 알 수 없다. 하지만 그놈의 무공을 감안한다면 아직 안 들어왔다는 것이 더 의아하지 않느냐?"

"사망동 밖에서 전투가 아주 치열하게 벌어지고 있다고 합니다. 그런데 사망동이 밀리고 있다는 보고입니다. 창귀가 전투에 합세하고 있다고 볼 수 있지 않겠습니까?"

"아니다. 창귀가 전투에 참가하고 있다면 밀리는 정도가 아니라 이미 끝났을 것이다."

말하는 궁마종의 시선은 광장으로 들어오는 입구에서 떨어지지 않았다.

"그럼 어떻게 할까요?"

"사망동주에게 다른 변화가 있는지 다시 점검을 해 보라고 해라. 그냥 묻는 정도가 아니라 세세히 보고하라고 해라."

"알겠습니다."

목인우가 몸을 날려 사라지자 궁마종은 주먹을 꽉 쥐었다.

'창귀 이놈! 절대로 살아서 돌아가지 못할 것이다.'

그의 몸에서 뿜어져 나오는 살기가 커다란 광장의 곳곳으로 뻗어나갔다.

* * *

목인우에게 궁마종의 명을 들은 사공지운은 고개를 갸웃했다. 점검한 지 삼각도 지나지 않았고 그렇다고 어떤 변고의 조짐도 보이지 않는데 또 다시 점검을, 그것도 세세히 하라니 이해가 되지 않았기 때문이었다.

그러나 궁마종의 명을 거역할 수는 없는 법.

그는 총관을 보며 다시 점검하라는 듯 고개짓을 했다.

총관은 벽에 늘어진 수십개의 줄을 잡아당기기 시작했다. 당기는 방식은 매우 복잡했다. 줄의 움직임으로 세세한 대화까지 할 수 있는 방식이었다.

한참을 잡아당기던 총관은 고개를 갸웃하며 다른 줄을 잡아 당기기 시작했다. 하지만 이번에도 답이 없자 그의 표정이 일변했다.

그는 마지막이라는 심정으로 초인들이 맡고 있는 지역의 줄을 잡아당겼다. 그리고 화들짝 놀라 사공지운을 보며 소리쳤다.

"동주님, 이상합니다!"

그의 외침에 사공지운과 목인우는 얼굴이 굳어졌다. 이상이 생겼음을 직감한 것이다.

"무슨 일이냐?"

"연락이 안 옵니다."

"그게 무슨 말이야!"

사공지운은 급히 직접 줄을 여러 차례 잡아 당겼다. 하지만 그 줄에서도 답은 없었다.

이줄 저줄 잡아당기던 그는 드디어 한 줄에서 답이 오자 무슨 일 없느냐고 물었다.

"저건 무슨 뜻이냐?"

목인우는 줄이 울리는 모습을 보며 물었다.

"아무 일도 없다는 의미입니다. 총관 너는 계속 점검해라. 그리고 연락이 끊어진 곳이 어디인지 말해라."

"예!"

사공지운은 급히 사망동의 미로가 그려진 지도로 향하더니 연락이 끊어진 곳에 점을 찍기 시작했다.

모든 것이 다 끝나자 사공지운은 총관에게 명을 내렸다.

"놈이 지금 삼 동굴까지 온 것 같다. 기관을 작동시켜라."

"예!"

"초인들이 지키고 있는 곳은 연락이 됐느냐?"

목인우는 초인들의 안위가 가장 중요한 듯 급히 물었다.

"초인들이 지키고 있는 곳은 모두 세 곳인데 두 곳은 연락이 없습니다."

"연락이 없다는 것이 무슨 의미냐?"

목인우가 몰라서 묻는 것은 아니었다. 하지만 너무 믿기지 않았기에 반문하지 않을 수 없었다.

"죽은 것으로 사료됩니다."

"말도 안 된다. 팔 단계 초인 둘씩 한 조가 되어 있었다. 그런데 어떻게 소리도 내지 않고 죽일 수가 있단 말이냐?"

3장 〈81〉

"만약 초인님들이 적을 발견하고 그자를 쫓느라 자리를 이동했다면 연락이 안 될 수도 있긴 합니다."

사공진운의 말에 목인우는 고개를 저었다.

그의 말이 타당성이 있긴 했지만 그들의 임무는 창귀가 나타날 경우 그를 추적해 죽이는 것이 아니라 궁마종이 있는 광장으로 유인하는 것이었다.

만약 유인을 위해 자리를 비웠다해도 연락을 안하고 움직일리 만무였다.

"난 마종님께 가서 보고를 드리겠다. 동주는 그놈이 사망동 안에 들어왔음이 분명하니 반드시 그놈의 종적을 찾아내어 사망광장으로 유인해라."

"알겠습니다."

목인우가 침통한 표정으로 나가자 사공진운은 뒤에 서 있던 당주들을 불렀다. 그리고 미로를 가리키며 여러 가지 지시를 했다.

"사망동의 모든 기관과 진을 발동시킨다. 함정을 활성화하되 사망광장으로 향하는 길만 열어 둔다."

"알겠습니다."

당주들이 나가자 사공진운은 연락이 되는 줄들을 잡아당겼다. 새로운 계획을 하달하기 위해서였다. 하지만 그는 곧 경악을 하고 말았다.

이각 남짓한 시간밖에 지나지 않았는데 벌써 연락을 받지 않는 곳이 세 군데가 새로 생겼기 때문이었다.

'이놈…… 가주님께서 무조건 이놈을 죽여야 한다고 명을 내리신 이유가 있었구나.'

* * *

"그르르르릉!"

동굴 벽에 손을 대고 있던 진무성은 기관이 움직이는 소리가 들리자 잠시 멈춰 섰다.

'한두 군데가 아니다. 내가 들어온 것을 눈치챈 모양이군.'

진무성은 벽에 손을 댄 채 눈을 감았다. 기관이 움직이는 장소를 찾아내려고 했지만 사방에서 동시에 움직이고 있어서 확실하게 특정할 수가 없었다.

'지금까지 죽인 놈들만 백 명에 가깝다. 극마지경의 경지에 오른 놈들도 네 놈이나 됐어. 그런데 이곳 역시 그놈들의 총단은 아니야. 도대체 얼마나 많은 고수를 보유하고 있는 걸까?'

사망동은 귀가보다 괴이하지는 않았지만 더 위험했고 고수도 많았다.

진무성은 백리령하와 곽청비가 사망동에 들어오기 전에 싸움을 끝내야겠다고 다짐했다. 그녀들에게 너무 위험하다고 판단이 되었기 때문이었다.

'여기다.'

진무성은 드디어 사람의 기가 잡히자 그쪽을 향해 몸을 날렸다.

그곳에는 십여 명의 무인들이 무엇인가를 조작하고 있었다. 기관인 듯 했다.

쇠막대를 잡아당기던 무인은 목 뒤에 뜨거운 고통을 느꼈다. 어느새 뒤로 숨어든 진무성에 의해 목이 뚫린 것이다.

하지만 그것이 끝일리 없었다.

"컥!"

"큭!"

지금 진무성은 몸을 숨기지도 않고 있었다. 그럼에도 자신들의 옆에서 연속적으로 네 명의 동료가 죽어나가고 있었지만 그들은 진무성을 발견하지 못하고 있었다.

진무성의 은신술이 신경에 도달했음을 보여주는 것이라 할 수 있었다.

동굴 안 쪽에 모여 있는 나머지를 제거하기 위해 다가간 진무성의 표정이 변했다.

기관이 움직이는 소리가 들렸기 때문이었다.

'뭐야! 함정이었어? 죽일 놈들!'

자신의 주위로 기관이 움직이기 시작한 것을 느낀 진무성의 입에서 욕이 저절로 튀어나왔다.

그를 유인하기 위해 수하들을 이용한 것이었다는 것을 직감했기 때문이었다.

그러나 그것은 그의 분노를 더 키웠다.

자신을 함정에 끌어들이기 위해 살아있는 수하들을 미끼로 사용한 것이 아닌가……

가족이라고 할 수 있는 수하들을 그런 식으로 사용한다는 것은 이들이 사람의 생명을 얼마나 경시하는지를 확연히 보여주는 것이기도 했다.

하지만 화만 내고 있을 시간이 없었다. 통로가 이곳저곳에서 막히고 있었기 때문이었다.

함정이 시작된 것을 감지한 진무성의 몸에서 검붉은 기가 퍼져나가기 시작했다.

휘이이잉!

미세한 파공음과 함께 암기 세례가 쏟아졌다.

무림에서는 이미 사라진 것으로 알려진 파강쇄라는 암기였다.

파강쇄는 사람 손으로 던지는 것이 아닌 기관을 통해서

만 발사할 수 있는 암기로 맹렬하게 회전을 하여 강기조차 파고든다는 전설의 암기였다.

 하지만 천극혈성마공이 천마신공과 더불어 마교의 최고의 무공으로 불리는데는 그만한 위력이 있기 때문이었다.

 강기마저 파고든다는 파강쇄도 천극혈성마공은 뚫지 못하고 튕겨져 나갔다.

 '대단한 암기로군, 계속 맞는 것은 그리 좋은 생각은 아닌 것 같군.'

 비록 튕겨 내기는 하지만 계속 받아 내기에는 위력이 너무 강했다.

 암기세례를 벗어나는 것은 그리 어려운 일이 아니었다. 열려 있는 통로가 있었기 때문이었다.

 다른 통로로 들어온 진무성은 얼굴이 구겨졌다.

 방금의 함정과는 비교할 수 없을 정도로 더 위험한 공격이 이어졌기 때문이었다.

4장

통로의 중간쯤 도착하자 비가 쏟아지기 시작했다.

동굴 안에서 비라니…….

당연히 그냥 비가 아니었다.

치지지직!

비는 닿은 곳마다 매캐한 냄새와 함께 흙이고 돌이고 모두 녹여 내며 매캐한 연기를 뿜어 댔다.

귀가에서도 그를 공격했던 닿기만 해도 살을 태우고 **뼈**를 녹이는 고루화골산이었다. 살에 조금만 닿아도 온몸을 녹인다는 가장 잔혹한 독이 바로 그것이었다.

만들기도 어렵고 그 가격도 엄청난 고루화골산을 이렇게 많이 모아 놓았다는 것에 여간해선 놀랄 일 없는 진무성조차 놀랄 정도였다.

고루화골산은 직접 살에 닿는 것도 치명적이었지만 피한다 해도 독이 발생시키는 연기를 마시기만 해도 중독이 되는 최악의 독액이었다.

하지만 진무성에게는 그들은 모르는 최고의 무기가 있었다. 바로 만독이 통하지 않는 만년천지음양과를 흡수한 신체였다.

한마디로 그에게 독은 전혀 위험이 되지 않았다.

가뿐히 다른 통로로 들어선 진무성은 그제야 이들의 속셈을 알 것 같았다.

'꽉 막힌 함정에서 퇴로는 계속 열렸다…… 유인책이군. 지금 있는 함정보다 더 무서운 곳이 있다는 말인데, 무엇이 있을지 아주 흥미롭군.'

계속되는 치명적인 함정들이었지만 진무성은 하나하나 파훼해 나갔다.

* * *

"벌써 여섯 번째 관문까지 통과했습니다."

장로인 윤확의 보고에 사공지운의 표정은 심각하게 굳어졌다.

"이렇게 빨리 여섯 관문이나 통과를 했다는 것이냐?"

"예. 함정들을 너무 쉽게 통과를 해서 경악스러울 정도입니다."

"나머지 네 관문도 그놈을 막기에는 어려울 것 같군."

"마지막 관문에 기대를 하고 있습니다."

"마지막 관문까지 무너지면 사망 광장에서 결론을 볼 수밖에 없다. 모든 전력을 사망 광장으로 집합시켜라."

"알겠습니다. 다만 동주님 이번 일로 본 동의 주요 기관들을 다시 사용하려면 몇 년은 지나야 할 것입니다."

"나도 안다. 아깝지만 가주님께서 어떤 희생을 치르더라도 그놈을 죽여야 한다고 하셨다. 오늘 사망동이 사라지더라도 우기 모두 죽는 한이 있더라도 그놈만은 이곳을 벗어나게 하면 안 된다는 것을 명심해라."

"존명!"

모두는 비장한 표정으로 상황실을 떠났다. 하지만 이들의 마음속에는 이미 창귀에 대한 두려움이 스며들어 있었다.

* * *

[공주님, 여기가 사망동인 것 같습니다.]

검노와 사망동 입구에 도착한 백리령하는 주위를 둘러보았다. 그녀가 여기에 도착하기까지 얼마나 격렬한 전투를 했는지를 증명하듯 그녀의 몸은 피투성이였다.

 다행히 그녀의 피는 아니었다.

 [제자들 피해는 어느 정도야?]

 [반 넘게 죽었습니다.]

 반 넘게라면 삼십 명 가까이 죽었다는 말이었다. 천외천궁에서 이런 피해를 입기는 백 년 이래 처음이었다.

 그때, 그들의 옆에 곽청비와 죽검파파가 떨어져 내렸다. 그들의 몰골도 만만치 않았다.

 "공주는 괜찮아?"

 "검주도 고생을 좀 한 모양이네."

 "적들이 생각보다 강하더라. 예상보다 피해가 커. 그런데 여기서 뭐하고 있어. 안 들어가고."

 "안에서 풍기는 마기가 심상치 않다. 들어가더라도 신중하게 움직여야 할 것 같다."

 백리령하의 말에 동굴 안을 쳐다본 곽청비는 안에서 뿜어져 나오는 괴기한 기운은 실로 가슴을 섬뜩하게 하기에 충분했다.

 "어찌할래?"

 백리령하는 검노와 죽검파파를 보며 말했다.

"사망동 안에는 우리 넷만 들어간다. 다른 제자들은 부상도 많고 이 안에 들어가면 진짜 너무 허무한 죽음을 당할 수 있을 것 같다."

그녀의 말에 곽청비도 동의한다는 듯 말을 받았다.

"죽검파파."

"예!"

"제자들에게 밖을 경계하고 있으라고 해요. 동굴 안은 우리만 들어갑니다."

"알겠습니다."

수하들에게 명을 내린 모두는 동굴 안으로 스며들어 갔다. 그들은 미로같이 얽히고설킨 통로를 보며 긴장하지 않을 수 없었다.

더욱이 곧이어 그들이 마주친 장면에 경탄을 터뜨릴 수밖에 없었다.

[이미 발견한 시신의 수가 백 명이 넘는다. 도대체 이 자의 능력의 끝은 어딜까?]

그녀들이 발견한 시신들은 척 보기에도 밖에서 싸우던 자들과 비교가 안 되게 강한 자들이었다.

중간쯤에 도착한 네 명의 안색은 창백해졌다. 백리령하는 사방이 패이고 찢어진 바위들을 보며 고개를 살래 흔들었다.

[이곳에서 엄청난 싸움이 벌어졌어.]

 그녀들이 도착한 곳은 진무성과 팔 단계 초인이 싸웠던 장소였다.

 [싸움의 흔적이 바로 이곳에서 반듯하게 끊어졌어. 누구인지는 모르지만 싸우면서 그 반경까지 제어했어. 아마 싸움이 일어난 것을 다른 자들이 알지 못하게 막은 것 같아.]

 [이런 격렬한 싸움을 벌이는 와중에 그 여파가 번져 나가지 못하게 막았다는 것인데 그게 가능할까?]

 [우리가 알고 있는 진무성의 무공 수준이 틀렸다는 방증이겠지. 난 솔직히 그 사람이 마도인이면 정말 공포스러웠을 것 같다.]

 하지만 그들의 놀라움은 이제 시작에 불과했다.

* * *

 세 번의 함정을 가볍게 통과한 진무성은 인상을 찌푸렸다.

 지금까지의 동굴과는 모양이 달랐기 때문이었다.

 바닥을 발로 툭툭 쳐 본 진무성은 벽과 천장을 보았다. 사방이 모두 쇠였다.

"설마 나를 여기에 가둬 둘 생각인가?"

진무성은 피식! 비소를 날렸다. 지금 있었던 함정에는 빠져나갈 퇴로가 있었건만 이곳은 사방이 완전히 꽉 막혀 있었다.

심지어 그가 들어온 통로까지 철문이 떨어져 내리며 완전히 밀폐가 되어 버린 것이었다.

그으으응!

그때 지금까지와는 차원이 다른 커다란 음향이 들려왔다. 기관이 작동하는 소리가 분명했지만 그 소리가 크고 둔탁한 것이 매우 무거운 것이 움직이는 것이 분명했다.

계속 이어지던 소리는 점점 커졌다.

"이거였군. 치사한 놈들."

천장이 바닥으로 내려오고 있었다.

소리만 들어도 천장의 무게가 최소한 만 근은 넘어 보였다. 사람의 신체라면 완전히 떡을 만들고도 남을 무게였다.

진무성은 벽에 손바닥을 갖다 댔다.

벽을 타고 그의 기가 퍼져 나가기 시작했다.

방을 구성하고 있는 쇠의 두께는 거의 반 자에 가까웠다. 생사경의 무공을 지닌 무림인들이라 해도 깨뜨리기 어려운 두께였다.

진무성이 찾는 것은 다른 것이었다.

'여기로군! 여기만 깨면 통로야.'

드디어 통로를 찾은 그였다. 하지만 표정은 굳어져 있었다. 그 안쪽에서 흘러나오는 기.

그것은 그가 지금까지 느껴오던 위험 신호의 원천이었다.

목표를 발견한 진무성의 몸에서 검은 기과 붉은 기가 흘러나오더니 회오리 만들며 섞이기 시작했다. 그렇게 기가 만들어 낸 엄청난 압력이 서서히 내려오는 천장을 밀어내기 시작했다.

쿠르르릉! 키이이익~!

기관의 힘을 인간의 힘으로 밀어낸다는 것은 거의 불가능에 가까웠다. 하지만 그 불가능한 일이 지금 벌어지고 있었다.

기관의 힘과 진무성의 진기가 부딪치자 그 커다란 방이 무너질 듯 우르릉거리기 시작했다.

방이 무너질 듯 흔들거렸지만 진무성은 자신이 보았던 방향을 노려보며 조화신창을 뽑아 들었다.

조화신창의 끝에서 검붉은 기가 뿜어져 나오는 듯하더니 곧 금광으로 변해 갔다. 진무성 역시 진기를 전력으로 뽑아 내고 있음을 알 수 있었다.

창끝에서 시작된 금빛이 벽에 닿았다. 그러자 놀라운 현상이 벌어졌다. 만년한철로 만들어진 벽이 녹아내리기 시작한 것이다.

심지어 그 구멍은 점점 커졌다.

구멍이 커짐과 동시에 방 안은 점점 흔들거리기 시작했다. 이래도 갔다가는 방 자체가 무너져 내릴 것이 분명했다.

방이 무너진다면 천장이 내려오는 기관에 당한 것이나 별반 다를 것이 없었다.

그러나 진무성의 얼굴에는 조금도 다급한 기는 보이지 않았다. 구멍이 겨우 사람 팔목이 지날 정도로 커지자 진무성은 회심의 미소를 띠며 그 구멍으로 빠져나갔다.

커다란 덩치의 그가 그렇게 작은 구멍을 통해 빠져나갔다는 것은 실로 신기한 일이었다.

콰르르릉!

폭삭!

진무성이 나가자마자 기관은 그대로 무너져 내렸다. 진무성은 앞에 뚫린 입구를 보며 천천히 안으로 들어갔다.

거대한 광장.

안에는 진무성을 기다렸다는 듯이 백 명이 넘는 무인들이 무기를 빼 들고 기다리고 있었다.

"네놈이 창귀냐?"

어디선가 광장 전체를 울리는 목소리가 진무성의 귀에 울렸다.

"나를 이렇게 절실하게 찾는 분은 도대체 누구실까?"

"네놈이 저지른 죄가 하늘에 닿는다. 스스로 무릎을 꿇고 투항을 한다면 가주님께서 한 가닥 구명의 기회를 주실 수도 있다. 어떠냐 지금이라도 생각을 바꾸는 것이."

"너희가 지금이라도 무기를 내려놓고 죄를 용서해 달라고 한다면 오늘 목숨만은 살려 주마."

진무성의 말에 무기를 들고 있던 모든 자들의 몸에서 살기가 뿜어져 나왔다. 당장이라도 진무성을 찢어 죽일 태세였다.

"창귀 네놈이 이렇게까지 본 가에 대항하는 이유가 뭐냐?"

"네놈들이 나쁜 짓을 하지 않았다면 너희들과 사이가 나빠질 이유가 있겠느냐? 그러게 왜 그렇게 나쁜 짓만 골라서 하는 거냐?"

말하는 와중에도 진무성은 천천히 광장의 중앙으로 걸어 들어갔다. 자연스럽게 적들은 그 주위를 둘러싸기 시작했다.

스스로 포위망 속에 들어가는 것은 최악의 병법이었지

만 진무성은 마치 일부러 포위망 안에 들어서고 있는 것 같았다.

"죽여라!"

다시 광장에 천마후가 터졌다. 그리고 동시에 모두가 공격을 개시했다.

"궁마종님, 정말 놀랍지 않습니까?"

광장의 중턱에서 싸움을 보고있던 목인우의 표정이 일그러져 있었다. 지금 광장에는 사망동의 최정예 무사들이 모두 모여 있었다. 심지어 장로와 당주들의 무공은 초절정 고수급이었다.

그럼에도 지금 싸움의 양상은 오히려 단 한 명인 진무성에게 밀리고 있으니 믿기지 않는 일이었다.

"가주님께서 왜 저놈을 그렇게 먼저 제거해야 한다고 했는지 이유를 알 것 같다. 그런데 도대체 저놈의 무공의 원천이 어딘지 모르겠구나."

"궁마종님, 그런데 저놈의 무공이 마교의 무공 같지 않으십니까?"

"나도 이상하다는 생각을 했다. 더구나 저놈의 몸을 덮고 있는 검붉은 기는 본 교의 마공들의 공통적인 특징이 아니더냐?"

"의아한 것은 마기가 느껴지지 않는다는 것입니다."

"그래 분명 잔인하고 손속에 사정이 없는 것으로 보아 분명 마공인데 마기가 느껴지지 않는 이유를 모르겠다."

말을 마친 궁마종은 활에 화살을 하나 끼우더니 활시위를 팽팽하게 잡아당겼다.

그때 갑자기 광장 안에 변화가 생겼다.

난데없이 네 명의 삼자가 싸움에 끼어든 것이었다.

백리령하와 그 일행이었다. 진무성 때문에 모두가 이곳에 모인 탓에 그들이 이곳까지 오는 것이 매우 수월했다.

활을 쏘려던 궁마종은 잠시 활을 거두고는 다시 장내를 살폈다.

"저놈들이 나타났다는 것은 밖이 이미 전멸했다는 뜻 아니냐?"

"그런 것 같습니다. 보통 고수들이 아닙니다."

"보통 정도로 치부할 실력이 아니다. 최소한 팔 단계 초인들과 맞먹는 무공들이다. 창귀놈에게 저런 조력자들이 있다는 것은 우리의 예측에 문제가 있는 것이 분명하다."

궁마종은 다시 활을 들어 올리며 말했다.

"그렇다고 오늘 모두 죽는 것은 달라질 것이 없다."

그의 활시위가 다시 진무성을 향하기 시작했다.

휘이이잉!

커다란 파공음이 광장 전체를 울렸다. 어디서 들려오는 소리인지조차 가늠할 수 없을 정도였다.

쾅!

"아아악!"

"아악!"

진무성의 창에 막힌 궁마종이 날린 화살은 튕겨져 나가며 옆에 있는 여러 명의 적의 몸을 관통했다.

'대단한 자다.'

화살을 튕겨 낸 진무성은 화살이 날아온 방향을 쳐다보았다. 사람이 겨우 손가락 크기 하나로 보이는 먼 거리.

아무리 진무성이라 해도 단숨에 달려갈 수 있는 거리는 아니었다.

하나, 원거리 공격에 특화된 화살 공격을 하기에는 아주 적절한 거리였지만 화살의 속도가 느리다면 공격의 효용성이 떨어질 거리였다.

그러나, 궁마종의 화살은 시위를 벗어나는 순간 적의 몸에 닿을 정도로 빨랐다. 또 다른 화살이 이미 진무성의 눈앞까지 다가왔다.

탕! 탕!

연이은 화살이 진무성의 창에 의해 튕겨 나갔다. 그가 아니었다면 이미 화살에 몸이 뚫렸을 속도였다.

놀라기는 궁마종 역시 마찬가지였다.

그의 삼혈궁술은 활 하나에 화살을 셋이나 재어 날리는 궁술로 연사의 최고봉이라고 할 수 있었다.

그런 그의 화살을 진무성이 가볍게 막아냈다는 것은 그가 얼마나 대단한 무공을 지니고 있는지를 여실하게 느끼게 해 주었다.

하나 적을 두고 감탄만 하고 있을 수는 없었다.

그는 쉬지 않고 화살을 꺼내 쏘아 댔다. 당장 진무성을 죽이는 것이 어렵다면 그의 행동을 제약해 싸움을 방해라도 할 생각이었다.

하지만 진무성은 화살을 막아 내면서도 전혀 적을 상대하는 데 지장이 없는 것 같았다.

"목인우."

"예. 남은 초인이 모두 몇 명이나 되느냐?"

"저까지 세 명 남았습니다."

"모두 전투에 참여해라. 죽일 수 있으면 좋겠지만 어려우면 최소한 내가 화살 공격을 할 수 있도록 저놈의 움직임을 제어해라."

"알겠습니다."

대답을 한 목인우가 사라지자 궁마종은 활을 두 개나 들었다. 큰 활과 작은 각궁이었다. 한 개로 안 된다면 두 개로 상대할 생각이었다.

활 두 개를 동시에 날린다는 것이 가능하기는 할까…….

그런데 궁마종에게는 그것이 가능했다.

장시(長矢)는 아까처럼 진무성을 향해 날아갔다.

하지만 단시(短矢)는 전혀 달랐다. 속도는 느렸지만 마치 살아있는 듯 방향을 계속 바꿔 가며 날아가고 있었다. 누구를 향해 가고 있는지 전혀 감을 잡을 수가 없었던 것이다.

실로 놀라운 궁술이 아닐 수 없었다.

날아오는 화살을 쳐 내던 진무성은 동시에 또 하나의 화살이 날아옴을 느꼈다. 그기고 그의 움직임이 다급해졌다.

또 다른 화살이 노리는 것이 자신이 아니라 백리령하 등을 노리는 것을 알았기 때문이었다.

'교활한 놈이지만 형세 파악이 아주 빠른 놈이기도 하구나.'

진무성은 활을 쏘고 있는 자가 자신의 정신을 분산시킬 방법을 알아냈다는 것을 직감했다.

탕!

다행히 곽청비와 백리령하는 속도가 느린 각궁에게 당할 실력이 아니었다.

날아오는 단시를 어렵지 않게 막아 내는 것을 본 진무성은 다행이라고 생각하면서 최대한 빨리 싸움을 끝내기 위해 점점 잔인한 수법을 사용하기 시작했다.

진무성의 손속이 잔인해지며 그 많던 적들의 수도 점점 줄어들기 시작했다.

백리령하를 비롯한 네 명 역시 열심히 적들의 수를 줄여 나가고 있었다.

"도대체 창귀란 놈은 그렇다 치고 저놈들은 도대체 누구이기에 저렇게 강한 거야?"

사공진운은 갑자기 합류한 네 명의 무공이 예상보다 너무 강하자 당황할 수밖에 없었다.

'이놈들…… 전에 싸웠던 놈들과 같은 부류다. 이런 놈들이 한두 명이 아니라는 말인데 정말 대무신가가 마교인가…….'

진무성은 갑자기 강해진 공격에 살짝 당황했다. 지금까지와는 완전히 차원이 다른 공격이 사방에서 시작됐기 때문이었다.

그때, 진무성의 어깨를 화살 하나가 스쳐 지나갔다. 순식간에 피가 옷을 적셔 버렸다.

비록 스쳤지만 화살에는 궁마장의 마기가 담겨 있어서 보통 사람이라면 치명상이 될 수도 있는 상처였지만 진무성은 인상 하나 변하지 않았다.

 고통은 적응이 안 된다고 하지만 진무성처럼 너무 고통 속에서 살다 보면 인내심은 생기는 것 같았다.

 싸움은 점점 점입가경으로 흘러가고 있었다.

 궁마종의 화살이 계속 날아다니고, 삼십 배가 넘는 초일류급 고수들, 거기다 현경의 경지를 넘어서는 초인들까지 합세했음에도 아직까지 이들이 버티고 있는 자체가 사공지운에게는 정말 불가사의한 일이었다.

 심지어 그들의 수는 계속 줄어들고 있었다.

 가장 고전을 하는 자는 궁마종의 화살과 초인들의 합공을 받고 있는 진무성이었다.

 그는 실로 눈부신 창술을 보이고 있었지만 초인들의 공격 역시 실로 신랄해서 지금까지 상대했던 자들과는 확실히 달랐다.

 그가 가장 고전했던 때가 장마종과 싸울 때였다. 지금 싸우고 있는 초인들은 개개인의 무공은 장마종보다 많이 약했지만 합공은 더욱 강력했다. 더욱이 수시로 날아드는 화살 공격은 매우 위협적이었다.

 그러나 진무성의 마음에 위기 같은 것은 없었다. 그는 오히려 힘든 지금의 상황이 너무 재미있어서 무아지경에 빠져 있었기 때문이었다.

궁마종이나 지금 공격하는 초인들이 진무성의 생각을 알고 있다면 아마 기함을 했을 것이었다.

그는 쉬지 않고 요혈을 노리며 날아오는 화살 공격까지도 즐기고 있었다.

'저놈…… 우리 정도면 충분히 제거할 수 있을 것이라고 했는데 어떻게 된 거지?'

화살을 날리고 있는 궁마종은 이해가 안 간다는 듯 고개를 갸웃했다.

그가 초인들을 이끌고 나올 때, 분명 그들이면 창귀를 충분히 죽일 수 있다고 들었다. 그러나 지금 그가 보는 창귀의 무공은 달랐다.

사공무경의 예측이 틀릴 수 없다는 것은 그들의 한결같은 믿음이었다.

그렇다면 그 짧은 사이에 창귀의 무공이 더 강해졌다고 봐야한다는 말인데 그의 상식으로는 도저히 있을 수 없는 일이었다.

점점 좁혀지던 궁마종의 검미가 다른 쪽으로 향했다. 그리고 그의 활시위가 방향을 바꿨다. 우선 창귀를 돕는 조력자부터 제거하기로 마음을 먹은 것이었다.

첫 희생물은 가장 약해 보이는 죽검파파였다.

"으윽!"

피유유융!

적을 제거해 나가던 죽검파파는 강력한 위험을 느끼자 급히 검을 후려치며 몸을 빠르게 피했다.

하나 그의 화살은 너무 빨라서 이미 그녀의 어깨를 관통하고 난 후에 파공음이 들리고 있었다.

한마디로 소리보다 더 빠르게 날아왔다는 소리였다. 죽검파파 역시 대단한 무공과 경험, 그리고 검각의 빠른 보법을 지니고 있었지만 궁마종의 화살을 피할 수 없었다.

진무성이 그의 화살을 피하지 않고 다 받아친 것 역시 피하려 들다 가는 오히려 당할 수 있다는 판단 때문이었다. 하나, 죽검파파는 그의 화살을 쳐낼 공력이 되지 않았다.

"송 여협!"

그녀가 어깨에서 피를 철철 흘리며 무릎을 꿇자 검노가 급히 그녀에게 날아가 그녀를 보호하기 시작했다.

하지만 그라고 궁마종의 마수에서 벗어날 수는 없었다. 다행히 그는 화살이 날아오는 것을 정면으로 볼 수 있었다. 피할 수 있었다는 말이었다.

그러나 그가 피하면 이미 저항 능력을 상실하고 그의 뒤에 무릎 꿇고있는 죽검파파는 그대로 죽을 수밖에 없었다.

검노는 검을 똑바로 치켜들고는 날아오는 화살을 내려쳤다.

팡!

피휴유우우웅!

이번에도 화살이 검노와 부딪친 후에야 파공음이 들려왔다.

검노는 다행히 화살을 쳐내는 데 성공을 했다. 하지만 죽검파파를 보호하기 위해 억지로 버틴 탓에 심한 내상을 입고는 한 웅큼의 피를 토해내고 말았다.

쿨럭-

"검노!"

"파파!"

적과 싸우던 백리령하와 곽청비가 그들의 위험을 보자 상대하던 자들을 놔두고 그들에게 달려갔다.

검노 역시 단 한 번의 격돌로 큰 부상을 입은 듯 검을 잡은 손이 달달달 떨리고 있었다.

[활을 쏘는 자 엄청난 고수야!]

곽청비는 단 한 발씩의 화살로 천외천궁과 검각의 손꼽히는 고수들을 무력화시킨 궁술의 당사자에 경악할 수밖에 없었다.

[곽 검주 조심해라. 이제 우리를 노릴 거야.]

백리령하는 달려드는 적을 베어 나가며 전음을 보냈다. 그리고 지금까지 진무성이 얼마나 엄청난 싸움을 하고 있었는지를 실감할 수 있었다.

그들을 능가할 것 같은 고수 여러 명과 시도 때도 없이 날아오는 화살을 홀로 다 막아내며 적들을 제거해 온 것을 직접 보지 않았는가……

특히 화살의 위력이 대단하다는 것을 느끼고는 있었지만 검노같은 고수가 화살을 한 번 쳐낸 것으로 심각한 내상을 입었다는 것이 그녀를 더욱 놀라게 하고 있었다.

싸움을 즐기던 진무성은 검노와 죽검파파가 부상을 입은 것을 보자 더 이상 비무하듯 싸울 수 없다는 것을 알았다.

그가 더 이상 시간을 끈다면 화살을 쏘는 자에게 곽청비와 백리령하 역시 당할 수 있었기 때문이었다.

'이, 이, 이놈…… 설마…… 지금까지 자신의 실력을 숨기고 있었던 것인가?'

진무성과 싸우며 이미 경악할 대로 경악하고 있던 목인우는 진무성의 공격이 지금까지와는 완전히 달라지자 가슴이 철렁했다.

단숨에 공격의 주도권을 잡기 위해 모두가 전력을 다해 맹렬한 공격을 했던 터였다. 진무성 역시 전력을 다해 간신히 그들을 공격을 막아내고 있다고 생각하고 있었다.

그런데 공격이 더욱 날카로워지고 심지어 그 안에 담긴 위력까지 더 강해지자 그들로서는 당할 수 없다는 판단이 들었기 때문이었다.

'궁마종님의 화혈마시를 몇 개나 맞았거늘, 어찌……'

궁마종의 화혈마시는 화살에 독과 궁마종의 마공을 함께 주입해 날리는 악랄한 수법이었다.

죽검파파가 어깨에 화살 하나 관통했다고 순식간에 무력화된 것도 화혈마시였기 때문이었다.

그런데 진무성은 그의 몸을 스쳐 간 화혈마시가 네 개가 넘었고 한 개는 그의 팔에 꽂히기까지 했다.

철판도 관통하는 궁마종의 화살이 인간의 팔을 관통하지 못하고 박혔다는 것부터 의아한 일이었지만 그렇게 당하고도 조금도 달라지지 않은 것은 더욱 괴상한 일이었다.

게다가 지금은 더욱 강해지고 있으니 목인우로서는 진저리를 치고도 남을 상황이었다.

"크으윽!"

결국 팔 단계 초인인 왕홍의 입에서 첫 침음성이 터져 나왔다. 그는 자신의 몸을 관통한 창을 두 손으로 꽉 잡았다.

죽더라도 진무성의 무기를 잡아 다른 자들에게 공격의 틈을 주기 위해서였다.

 '가상한 놈들이군…… 이런 충성심이라니……'

 왕홍의 행동에 진무성은 탄복한 듯 중얼거리며 창을 휙 돌렸다. 순간 창이 검의 모양으로 바뀌며 무기를 잡은 그의 손을 조각을 내며 빠져나왔다.

 동시에 진무성의 옆에까지 바짝 다가온 또 다른 팔 단계 초인인 효장민의 허리를 그대로 찔러갔다.

 왕홍의 손에 창이 잡혀 움직임이 어려워졌다고 판단했던 효장민은 창이 검으로 변해 그의 가슴을 찔러오자 기겁을 할 수밖에 없었다.

 급히 뒤로 물러서던 그의 얼굴이 하얗게 변했다. 조화신검이 어느새 조화신창으로 변하며 죽 길어지더니 그의 심장을 뚫어버렸기 때문이었다.

 "말로만 듣던 조화신병?"

 목인우는 진무성의 무기가 변하는 것을 보자 무기의 정체를 알아챘다. 하지만 그것은 그의 궁금증을 더욱 크게 할 뿐이었다.

 어찌하여 마교의 지보인 조화신병을 창귀가 가지고 있단 말인가……

 더욱 의아한 것은 조화신병은 이미 사라진 지 육백 년

이 넘었기 때문이었다.

 '서, 서, 설마……'

 진무성의 움직임을 자세히 살피던 목인우의 얼굴이 더욱 굳어졌다.

5장

'그러고 보니, 저놈 무공과 창마종의 무공이 너무 흡사해.'

하지만 이해가 안 되는 것이 있었다. 창마종은 구마종 중 가장 무공이 약했다. 만약 창귀의 무공이 창마종의 무공이라면 절대 장마종을 이길 수 없었다.

게다가 창마종의 무공은 근본적으로 마공이었다. 반드시 마기를 동반해야 하는 것이었다. 하지만 창귀에게서는 어떠한 마기도 보이지 않았다.

그가 지금까지 싸우면서도 창마종의 무공이라는 것을 생각조차 못 했던 이유였다.

"아주 여유가 만만하구나!"

진무성의 비웃는 듯한 목소리에 정신이 든 목진우는 급히 무기를 들어 방어 태세로 들어갔다.

그가 진무성의 무공에 대해 생각한 시간은 찰나에 불과했다.

그러나 그 짧은 시간은 그에게는 커다란 위기가 되고 말았다.

진무성의 창이 그의 빈틈을 정확하게 찔러 왔기 때문이었다.

목진우는 순식간에 자신의 심장을 찔러 오는 그의 창을 급히 도로 후려쳤다.

구 단계의 초인다운 임기응변이었고 강력한 힘이었다. 그러나 심장을 비키는 데는 성공했지만 겨드랑이 쪽을 찔리고 말았다.

'이, 이게 뭐야?'

깊은 상처는 분명 아니었다. 하지만 상처가 나는 순간 그의 내기가 무엇엔가 빨리는 느낌이 들었다. 그의 내공이 급속도로 소실이 되고 있는 것이었다.

그것은 마교의 핵심 절기 중 하나인 흡성마공에 당했을 때 나타나는 현상과 매우 비슷했다. 하지만 결정적으로 다른 것이 있었다.

흡성마공은 반드시 상대의 손이 닿아야만 했다. 그러나

지금은 창에 찔렸고 그 창은 이미 빠졌다. 그럼에도 기가 빠져나간다는 것은 흡성마공보다도 한 계단 더 높은 경지라는 의미였다.

하지만 천극혈성마공이라는 마교의 금지 무공일 것이라고는 상상도 하지 못했다.

그나마 다행인 것은 진무성이 갑자기 공격을 멈추고 다른 곳으로 몸을 날렸다는 것이었다.

잠시 시간을 번 목인우는 급히 운기조식을 하기 시작했다.

"진 형, 이게 무슨 짓입니까!"

백리령하는 자신의 앞을 막은 진무성에게 비명을 지르듯 소리치며 달려왔다.

진무성의 등에는 커다란 화살이 박혀 있었고 그 끝은 가슴에서 보이고 있었다.

완전 관통은 아니었지만 관통한 것이나 다를 바가 없었다.

"이 정도로 죽지 않습니다. 화살을 좀 뽑아 주시겠습니까?"

진무성은 가슴으로 삐죽 나온 화살촉을 부러뜨리고는 등을 그녀에게 향하자 그녀는 비통한 표정으로 화살을 뽑았다.

"이러실 필요가 무에 있습니까? 저희는 무림인입니다. 서로의 몸은 각자가 지키는 것입니다."

"백리 형께서 저를 믿고 혈맹을 약조했는데 위험한 것을 빤히 보면서 그냥 있는다면 그게 어찌 의리라고 하겠습니까? 다시 말하지만 전 이런 상처를 많이 입어 봐서 쉽게 죽지 않으니 걱정 마십시오."

진무성의 말에 백리령하는 물론 곽청비까지 놀라움을 넘어 감격의 빛까지 보이고 있었다.

궁마종은 백리령하와 곽청비가 자신의 화살을 계속 막아내자 참마혈궁이라는 그의 최고의 절기를 사용해 화살을 날렸다.

참마혈궁은 속도는 좀 부족했지만, 그 위력만은 다른 궁술을 많이 뛰어넘었다.

백리령하나 곽청비가 검노와 죽검파파를 지키기 위해 화살을 피하지 못하고 받아치는 것을 역이용해 단숨에 숨을 끊어버리려는 생각이었다.

그의 내공은 백리령하를 많이 상회했다. 만약 그녀가 이번에도 그냥 받아 내려고 했다면 생명까지 위험한 상황이었다.

그것을 진무성이 눈치를 채고 싸움을 멈추고 달려온 것이었지만 창으로 막을 새가 없자 자신의 몸뚱어리를 믿고 등으로 받아 버린 것이었다.

 자신의 목숨까지 걸면서 백리령하를 구하려는 그의 모습은 그녀들에게 무한한 신뢰를 주기에 충분했다.

 "우선 두 분을 모시고 광장을 벗어나 계십시오. 계속적의 사정거리 안에서 두 어르신을 보호하려는 것은 미련한 행동입니다."

 "정말 괜찮으시겠습니까?"

 "걱정 마시라고 했습니다. 그리고 못 당할 것 같다 싶으면 저도 도망갑니다. 그런데 이렇게 네 분이 다 여기에 계시면 전 도망도 못 갑니다."

 백리령하와 곽청비는 절대 물러날 생각이 없었지만 자신들 때문에 도망도 못 갈 수 있다는 말에 더 이상 고집을 부릴 수는 없었다.

 진무성은 괜찮다고 하지만 그녀들이 보기에 그의 상처가 싸움을 계속하기에는 거의 치명상에 가까웠기 때문이었다.

 "좋아요. 우린 부상자를 데리고 나갈 테니 진 대협께서도 불리하다 싶으면 꼭 도망을 친다고 약속해 주세요."

 탕!

 또다시 날아온 화살을 창으로 가볍게 쳐 내며 진무성은 말을 이어 갔다.

"전 오기로 자신의 목숨을 거는 바보짓은 안 합니다. 빨리 가시지요."

사실 그녀들도 검노와 죽검파파를 안전한 곳으로 옮길 생각을 안 한 것은 아니었다. 하지만 화살 공격이 어찌나 집요한지 기회를 잡지 못하고 있었다.

"안전한 곳에 모시고 다시 올게요."

그녀들은 검노와 죽검파파를 안고는 광장 밖으로 사라졌다.

'오기 전에 끝내야겠군.'

진무성이 그녀들이 오기 전에 끝내야겠다고 마음을 먹자, 움직임이 달라지기 시작했다. 갑자기 그의 신형이 광장 안에서 사라져 버린 것이었다.

활시위를 당기던 궁마종의 표정이 일그러졌다. 궁술에 시력은 필수적인 조건이었다. 당연히 그는 백 장 위 하늘에서 숨어서 다니는 쥐를 발견하는 매의 눈을 가지고 있었다.

그런데 이미 시위를 겨냥하고 있는 그의 눈까지 숨기고 사라져 버렸으니 놀랍다 못해 황당하기까지 했다.

'이, 이놈이 은신술까지······.'

그는 수하들이 쓰러지는 쪽을 향해 계속 목표를 바꿨지만 동에 번쩍 서에 번쩍하듯 수하들이 죽어 나가자 얼굴

근육이 실룩거렸다.

'분명 저놈이 화혈마시에 정통으로 맞았어. 그런데 저런 몸놀림이 어떻게 가능한 거지?'

잠시 생각하던 그의 눈에 이채가 나타났다.

그러고 보니 창귀가 지금 공격하는 자들은 모두 사망동의 수하들뿐이었다. 그것은 그가 화혈마시에 의해 제대로 된 내공 운용이 불가능해 초인들을 피하고 있다는 말이 된다.

정면 대결을 피하고 은신술을 사용하여 암습으로 공격 방식을 바꾼 것 역시 화혈마시 때문일 확률이 높다는 판단이 든 것이다.

궁마종의 몸이 스르르 사라졌다. 그가 드디어 직접 싸움에 참가하기로 결정한 것이었다.

"목인우는 왜 그러느냐?"

광장에 내려온 궁마종은 목인우의 상태가 이상하자 물었다.

"그리 큰 상처 같지는 않은데 이상할 정도로 힘들어 합니다."

구 단계 초인인 방원상도 목인우에게 일어나고 있는 현상만은 이유를 알 수가 없었다.

"우선 그놈을 죽이는 것이 급선무다. 너희는 이제부터

내 주위에 마방진을 펼친다."

"예!"

궁마종은 사공진운에게도 전음을 보냈다.

[사공 동주는 수하들을 한 곳으로 모아 우리 주위를 둘러싸라.]

[알겠습니다.]

사공진운은 이미 전의를 상실한 듯 주위를 두리번 거리는 수하들을 향해 명을 내렸다.

[궁마종님 주위를 둘러싸라.]

하지만 백 명이 넘던 수하들은 이제 삼십 명도 채 남지 않았다. 이미 사망동 밖과 미로에서 죽은 수하들까지 합친다면 사망동은 이미 괴멸 상태라 해도 될 정도였다.

그리고 그의 명에 따라 궁마종의 주위로 몰리던 수하들은 지금도 계속 죽어 나가고 있었다.

궁마종은 활의 시위를 당긴 채 한 곳을 겨냥했다. 그리고 눈을 감았다. 활을 쏘는데 눈을 감다니 도저히 이해할 수 없는 행동이었지만 보이지 않는 적을 제거하는 데 눈은 필요 없었다.

휙!

피이잉!

순식간에 방향을 전환하며 궁마종은 화살을 쏘아 댔다.

'귀신 같은 놈이군.'

분명 기척을 느끼고 화살을 쏘았다. 수하들이 그의 주위로 몰리면서 그 거리는 겨우 삼 장 이내였다. 그가 사망동 무인들을 그의 주위로 모이게 한 이유였다.

바로 미끼였다.

사람의 신법이 아무리 빠르다 해도 화살보다 빠를 수는 없었다. 심지어 그의 화살은 소리보다 더 빨랐음에도 계속 놓치고 있었다.

진무성이 살수 수법으로 공격을 시작한 지금 사마동 무인들은 우왕좌왕할 수밖에 없었다. 동료는 죽어 나가는데 적은 보이지 않으니 전의를 상실하게 되는 것은 당연한 수순이었다.

궁마종의 주위로 모이면 좀 달라질지도 모른다고 생각했지만 죽어 나가는 것은 크게 다를 것이 없었다.

어느덧 남은 자들은 십여 명에 불과했다.

그때, 등평부와 방원상이 한 방향으로 자신의 전력을 다해 무기를 뿌렸다. 그들 역시 집중하여 진무성의 종적을 쫓고 있었다.

지금까지 수하들이 죽어 나가는 것을 보면서도 그들이 싸움에 가담하지 않은 것은 궁마종과 함께 최후의 일격을 가하기 위한 준비였던 것이다.

그리고 드디어 확실하게 진무성이 종적을 찾아내어 공격을 가한 것이었다. 그들의 공격이 가해진 곳을 향해 궁마종의 화살도 쉴 새 없이 날아갔다.

그들은 진무성이 일부러 자신의 종적을 들켰다는 생각은 전혀 하지 못했다.

'저건 또 뭐야?'

계속 적을 맞추지 못하고 날아가던 화살이 이번은 제대로 잡아낸 듯 튕겨 나가는 것을 본 궁마종은 무려 다섯 대의 화살을 활에 재웠다.

그리고 날리기 위해 시위를 최대한 잡아당기는 그때, 공격하던 지점에서 무려 열 명이 넘는 창귀가 튀어나온 것이었다.

"네놈이 어떻게 귀영백변신을……?"

궁마종은 당황한 듯 소리쳤다. 마교에는 그에게는 천적 같은 무공이 하나 있었다. 그것이 바로 귀영백변신이었다.

검이나 도 같은 무기들은 목표가 피하거나 받아칠 때, 언제든지 변화를 줄 수가 있었다.

하지만 궁술은 위력은 강하지만 화살 하나에 적 한 명이 죽는 매우 단선적인 면이 있었다. 한 번 쏘면 더 이상의 변화를 만들기 위해서는 또다시 화살을 쏘는 것밖에 없다는 사실이었다.

그러니 귀영백변신 같은 분신술은 궁술을 무기로 하는 사람에게 천적이라고 불릴 정도로 가장 상대하기가 어려운 무공임에 분명했다.

진짜 사람이 나눠질 수는 없으니 나머지는 허상임에 틀림없었지만 어느 것이 허상인지를 전혀 알 수 없을 정도로 완벽한 분신술을 보이는 것이 귀영백변신이었다.

백변신이라는 의미대로 극성에 이르면 무려 백 명의 분신을 만들 수 있다고 알려져 있었지만 마교에서 그것을 펼친 사람은 손에 꼽을 정도였다.

궁마종 역시 말로만 들었을 뿐 실지로 본 것은 오늘이 처음이었다.

목표를 순간 잃은 그는 급한 대로 활시위를 놓았다. 우선 허상이건 아니건 쏠 수밖에 없었다. 그리고 다섯 명의 분신이 그의 화살에 정통으로 맞으며 사라져 버렸다.

팔 단계 초인인 등평부 역시 자신이 공격한 곳에서 두 명의 분신이 자신을 공격하자 전력을 다해 한 명에게 공격을 했다.

또 다른 한 명은 허상이 분명하다고 판단했기 때문이었다.

그의 공격을 받은 분신은 그대로 몸이 갈리며 사라져

버렸다.

'분신?'

등평부는 자신이 공격한 것이 허상임을 깨닫고 급히 다른 분신을 향해 몸을 돌렸다. 하지만 허상을 잘못 판단한 그의 짧은 실수는 그대로 목숨과 연결이 되고 말았다.

"커어억!"

등평부의 입에서 숨넘어가는 소리가 터져 나왔다. 진무성의 창이 그의 목을 그대로 뚫어 버린 것이었다.

그러나 더욱 어이없는 일이 방원상에게 일어났다. 그 역시 두 명의 분신의 공격을 받았다. 그리고 등평부와 마찬가지로 한 명의 분신을 베어 버리는 데 성공했다.

하지만 역시 허상이었고 또 다른 분신은 그의 심장에 창을 박아 버렸다.

분명 한 명만이 실상이고 나머지는 허상이어야 함에도 두 개의 실상이 나타나 팔 단계와 구 단계 초인을 동시에 제거한 것이었다.

도저히 상식적으로 일어날 수 없는 일이 벌어지자 궁마종의 눈이 혈안으로 변해 버렸다.

궁마종은 미친 듯 화살을 쏘아 대기 시작했다. 이미 반은 미친 것 같을 정도였다.

그렇게 쏘아 대던 그는 이젠 화살을 잴 시간도 아까운

듯 화살도 재지 않고 연달아 활시위를 잡았다 놓았다. 자신의 내공을 담아 날리는 무형궁이었다.

소림의 탄지신통과 비슷한 원리였지만 활시위를 이용하기 때문에 그 위력은 한층 더 강력했다.

다만 내공을 사용하기에, 결정적인 상황이나, 아주 위기의 순간이 아니면 사용을 지양하는 것이 무형궁이었다.

다급한 듯 계속 날리는 무형궁에게 죽어 나가는 것은 사망동의 수하들뿐이었다. 진무성이 수하들 앞에 나타났다가 무형궁이 날아오면 사라지기를 반복했기 때문이었다.

"이, 이놈! 교활하기가 그지없구나! 비겁하게 숨지 말고 모습을 드러내라!"

궁마종은 화를 참지 못하고 버럭 소리를 지르고 말았다.

마치 그 말을 기다리기라도 했다는 듯, 진무성의 모습이 스르르 나타났다.

"활을 사용하는 것을 보니 네가 구마종 중 궁마종인 모양이구나."

"네놈의 정체가 뭐냐?"

"내가 누군지 아직까지 몰랐다니 너야말로 미련한 놈이구나."

궁마종의 얼굴이 일그러졌다.

감히 누가 있어 자신을 미련한 놈이라고 하겠는가……

궁마종은 다시 활시위를 당기기 시작했다. 어찌나 빠른지 시위를 당기고 화살을 보내고 다시 시위를 당기기까지 거의 동시에 일어나는 것 같았다.

피융! 피융! 피융……!

화살은 쉴 새 없이 진무성을 향해 날아갔다. 거리까지 가까우니 인간의 눈으로는 화살이 날아오는 것을 보는 것조차 불가능할 정도였다.

어쩌면 진무성이 모습을 보인 것은 천추의 실수인 듯 보였다.

화살을 막아 내던 진무성은 가슴에 만만치 않은 타격을 입으며 뒤로 두 걸음을 물러서고 말았다. 화살을 날아오는 그 사이에 무형궁이 끼어 있을 것을 예상 못한 탓이었다.

'시위를 당기는 것을 보지 못했는데…… 그렇다면 한 번에 화살과 무형시를 동시에 날릴 수 있다는 말이군.'

진무성은 궁마종의 놀라운 절기에 감탄을 하면서도 새로운 무공을 접했다는 것이 즐거웠다.

'무형궁을 정확히 맞았는데 저놈의 몸이 뚫리지를 않았어. 기를 막아 내는 강기가 몸을 보호하고 있다는 말인

데…… 그런데 저놈의 표정은 뭐야?'

궁마종은 무형시에 정통으로 맞고도 단지 두 걸음을 물러선 것도 놀라운 일이었지만 진무성의 표정이 더욱 못마땅했다.

고통을 느껴야 당연함에도 마치 희열을 느끼는 것 같은 표정을 지었기 때문이었다.

"제법 신선한 공격이었다. 아주 좋았어. 하지만 이젠 끝내야 할 것 같다."

진무성의 몸이 분열하기 시작했다. 궁술의 단점을 확실하게 이용하기 시작한 것이다.

궁마종의 얼굴이 일그러졌다. 귀영백변신이 다시 펼쳐진 것이다. 그러나 이번은 아까와는 완전히 달랐다.

스물…… 서른…….

나타나는 분신에 계속적으로 화살을 쏘아 대던 궁마종의 얼굴에 당황함이 나타났다.

마교에서는 귀영백변신은 백 개의 분신을 만들 수 있다고 알려져 있었다. 천마가 백 개의 분신을 만들었기 때문이었다. 하지만 이후 누구도 열다섯 이상의 분신을 만들지 못했다.

그런데 지금 창귀가 수십 개의 분신을 만들어 내고 있으니 궁마종이 혼란스러워하는 것은 당연하다고 할 수 있었다.

"도대체 어떻게 마교의 무공을 네가 알고 있는 것이냐?"

"너희는 대단히 강하다. 그런데 왜 내게 이렇게 자꾸 당할까?"

"뭐야?"

"네놈들은 나를 모르고 나는 네놈들의 무공의 장단점을 다 알고 있으니 너희들이 나에게 당할 수밖에 없는 거다."

수십 명의 분신이 동시에 말하는 광경은 괴이하기까지 했다. 더구나 말이 끝남과 동시에 한꺼번에 그를 덮쳐 가는 모습은 장관(壯觀)이었다.

궁마종은 급히 화살을 쏘아 대기 시작했다. 장시와 단시, 거기다 무형시까지 그가 할 수 있는 모든 공격을 퍼부었지만 진무성이 그에게 달려드는 순간은 거의 찰나에 불과했다.

아무리 그의 연사가 빠르다 해도 수십 개의 분신을 모두 맞춘다는 것은 애당초 불가능했다.

그의 공격을 뚫고 십여 개의 창이 동시에 그를 찔러 왔다.

궁마종은 화살을 쏘는 것을 포기하고 활을 무기 삼아

휘두르기 시작했다.

그의 활은 무기로도 손색이 없었다. 또다시 서너 명의 분신이 그의 활에 맞으며 사라졌다.

하지만 마지막 남은 여섯 명의 분신은 어쩔 도리가 없었다. 그는 실상을 찾을 수 없자 공격을 포기하고 방어로 태세를 전환했다.

그는 전력을 올려 호신강기를 보완했다. 물론 호신강기는 자신보다 내공이 약한 상대에게는 아주 효과적인 방어책이지만 강한 상대에게는 크게 소용이 없다는 단점도 존재했다.

궁마종은 진무성이 대단한 고수라는 것은 인정했지만 내공까지 자신보다 위라고는 생각지 않았다.

그리고 그것은 그의 마지막 실수가 되고 말았다.

"으으억!"

궁마종은 무려 네 곳이 동시에 창에 찔리자 비틀거리며 뒤로 물러섰다.

그중 심장을 찌르고 빠져나간 마지막 공격은 치명상이 되고 말았다.

"가주님께서 실수하실 리가 없거늘…… 어찌 네놈에 대해 잘못 판단을 하시다니……."

궁마종은 자신의 죽음보다 사공무경이 진무성에 대해

잘못 판단한 것이 더욱 놀라운 듯했다.

'도대체 가주란 자는 어떤 사람일까?'

숨이 끊어진 궁마종을 보는 진무성의 표정은 착잡했다. 수하들에게 이런 신뢰와 충성을 받는 자에 대한 경외감이었다.

전쟁에서 승리하기 위한 요건 중 아주 중요한 것이 바로 지휘자와 수하 병사들 사이의 신뢰였다.

그것을 잘 아는 그로서는 대무신가의 가주에 대해 불안해질 수밖에 없었다.

고개를 돌린 진무성은 사방으로 도망을 치는 적들을 쫓아 가며 모조리 죽이기 시작했다.

가장 격렬하게 저항하던 사공진운까지 제거한 진무성은 조화신창을 거두며 생각에 잠겼다.

'영 매는 살생을 지양해 달라고 했지만 오늘은 너희를 한 명도 살려 둘 수가 없었다. 잘 가라.'

그때, 그의 옆에 두 명의 인영이 떨어져 내렸다.

백리령하와 곽청비였다.

그녀들의 눈은 경악으로 휘둥그레졌다.

"어떻게 그 사이에……."

검노와 죽검파파를 밖에서 대기하고 있는 제자들에게 맡기고 최대한 빨리 온다고 달려왔거늘 이미 모든 것이 끝나 있으니 놀라지 않는다면 그게 더 이상한 일이었을 것이었다.

"저자가 궁마종입니다. 대무신가에서 구마종을 부활시킨 것이 어쩌면 사실일지도 모를 것 같습니다."

백리령하는 진무성이 가리키는 궁마종을 힐긋 보더니 그의 옆으로 다가와 손을 내밀었다.

"천외천궁의 금창약이에요. 효과가 탁월하니 우선 상처에 발라요."

그녀는 다른 것보다 진무성이 입은 상처가 가장 걱정이 되었다. 하지만 진무성은 미소를 지으며 말했다.

"이미 다 나았습니다. 우선 이곳을 철저하게 조사를 합시다. 분명 유용한 정보가 있을 것입니다."

귀가는 폭발로 완전 폐허가 되어 건진 것이 거의 없었지만 이곳에는 분명 뭔가 있을 것 같았다.

진무성이 보기에 사망동은 대무신가의 무인들이 거쳐 가는 안가 이상의 장소임이 분명했기 때문이었다.

* * *

강서성과 절강성이 맞닿은 접경에 있는 작은 객잔.

주루에 앉아 있던 진무성은 백리령하와 곽청비가 같이

오자 자리에서 일어나며 말했다.

"벌써, 일어나셨습니까?"

그의 말대로 밖은 아직 어둠이 가시지 않은 새벽이었다.

"진 형이야말로 아예 잠을 자지 않으신 것 같은데 혹시 상처가 아파서 그러십니까?"

"상처는 다 나았습니다."

"화살이 가슴을 관통했습니다. 그런 중상이 어떻게 삼 일 만에 다 났다고 그러십니까? 그런 상처는 최대한 빨리 고치지 않으면 후일 지병으로 악화할 수 있습니다."

"맞아요. 저희 검각에도 상처에 아주 좋은 약들이 있으니 전해 드릴게요."

곽청비까지 걱정 어린 표정으로 말하자 오히려 어색해진 것은 진무성이었다. 그녀들의 진심 어린 걱정이 이상하게 부담으로 다가왔기 때문이었다.

"정말 괜찮습니다. 상처라도 보여 드릴까요?"

진짜로 앞섶을 펼칠 기세를 보이자 둘은 급히 손사래를 쳤다.

"됐어요. 그렇까지는 하지 않으셔도 됩니다."

"그럼 진 형은 왜 잠도 주무시지 않고 여기서 무엇을 하신겁 니까?"

"사대 금지 구역에 대해 생각을 해 보았습니다."

"그곳은 왜?"

"금지 구역이 알려진 것은 거의 이백 년이 되었더군요."

"그 정도 되긴 할 겁니다."

"귀가가 있었던 곳은 악양과 강서의 접경이었습니다. 사망동은 강서와 복건 그리고 광동의 접경이 만나는 곳이었지요. 다른 금지 구역인 천독곡은 호남과 안남의 경계입니다."

"그렇습니다, 또 다른 금지 구역인 광마촌은 감숙과 섬서의 경계에 있습니다. 그런데 모두가 다 아는 사실을 이렇게 열거하시는 이유를 모르겠습니다."

"우연이라고 보기에는 너무 절묘하지 않습니까?"

"뭐가 말입니까?"

"무림 사대 세력의 총단과 모두 가까이 있지 않습니까?"

진무성의 말에 둘의 눈에 이채가 나타났다. 그의 말대로 바로 옆은 아니지만 모두 하루 안에 도착할 수 있는 거리임에는 분명했다.

"진 대협의 말씀도 일리는 있지만 만약 그게 사실이라면 대무신가에서 이미 이백 년 전부터 준비를 했다는 말인데 그게 말이 돼요?"

그녀의 말대로 무림 공격을 이백 년 전부터 준비했다는 것은 말이 되지 않았다.

"전 대무신가가 마교의 구마종을 부활시킨 것이 우연일까요? 지금까지 제게 죽은 대무신가의 고수들을 생각해 보십시오. 애초에 전 대무신가의 존재 자체가 말이 안 된다고 봅니다."

백리령하와 곽청비는 진무성의 말에 표정이 변했다.

그의 말대로 대무신가는 그녀들도 이해 불가였기 때문이었다.

"사망동을 그대로 두라고 한 이유는 뭡니까?"

"대무신가에게 경고를 함과 동시에 저에 대해 더 강한 증오심을 가지게 하기 위해서입니다."

"아직도 진 형을 미끼로 쓴다는 계획을 이어 가려는 겁니까?"

"귀가와 사망동의 대무신가 고수들이 같이 상대했다면 죽은 사람은 아마 저였을 겁니다. 저들이 진짜 구마종을 모두 부활시켰다면 제 계획대로 하는 것이 맞다고 봅니다."

"더 강한 전력으로 공격에 들어온다면 어쩌실 생각인데요?"

"당연히 두 분이 도와주셔야겠지요."

"어떻게 말이니까?"

"다음 계획은 창룡의 이름으로 창방을 하는 겁니다. 분명 그들은 제가 창방한 문파를 공격해 오겠지요. 전 가짜 총단을 만들 생각입니다. 이제 저희가 그들을 함정에 빠뜨리는 겁니다."

"그것까지 전부 염두에 두고 일을 진행했다는 겁니까?"

"적은 너무 강하니까요."

"그럼 진 형은 언제부터 대무신가가 마교라는 것을 아신 겁니까?"

"귀가를 없앨 때였습니다. 하지만 대무신가가 무서운 조직이라는 것은 그보다 전에 알고 있었습니다."

"진 대협께서는 무림인이 아니라고 하셨는데 대무신가에 대해서 전부터 알고 있었다는 것이 정말 의아하네요?"

"대무신가에게 평생을 쫓겨 다닌 사람이 있었습니다. 자 이제부터 두 분의 답이 필요합니다. 어찌하시겠습니까?"

"저희가 어떻게 도와주시기를 바라시는 겁니까?"

"검각과 천외천궁의 고수들을 저희 문파에 좀 빌려주십시오."

"빌려달라고요? 문파 간에 제자들을 빌려주는 경우는 없습니다."

"연맹체가 되면 가능하지 않겠습니까? 무림맹도 그렇게 운영이 된다고 아는데요?"

"지금 우리 세 문파와 연맹체를 구성하자는 건가요?"

"여러 문파와 혈맹을 맺었지만 그것은 도움을 주는 수준일 뿐입니다. 대부분의 문파가 무림맹에 가입이 되어 있어 제가 끌어들일 수 있는 문파가 한정되어 있더군요. 그런데 검각과 천외천궁은 무림맹 소속이 아니니 가능하지 않겠습니까?"

다른 문파도 아니고 천외천궁과 검각 그리고 창룡이 이끄는 문파가 연맹 세력을 만든다면 그것은 천하의 판도를 뒤집어 놓을 수 있는 대단한 사건이 아닐 수 없었다.

백리령하와 곽청비의 얼굴은 어이없음과 놀라움이 동시에 나타났다.

감히 천외천궁과 검각을 편으로 끌어들이는 정도가 아니라 아예 연맹을 만들어 공조를 하자고 하는 것 자체도 놀라운 일이었다.

한데 그런 계획을 방금 짠 것이 아니라 이미 염두에 두고 있었다는 것을 느낀 때문이었다.

"그런 계획은 언제 생각한 겁니까?"

"제가 알기로 천와천궁과 검각은 중원 정파에 위험이 생기면 도움을 주는 것이 목적이라고 하던데 아닙니까?"

"맞긴 하지만 마교를 막는 것이 목적이지 그냥 위험하다 해서 끼어들지는 않습니다."

"마교의 구마종이 나타났으니 명분은 충분한 것 같은

데요?"

"그렇긴 한데 무림맹을 배제하고 따로 연맹을 만드는 것은 정파에서 좋게 보지 않을 것입니다."

"그거야, 두 분께서 단목 공자와 함께 어떻게 하느냐에 달린 것 아닐까요? 무엇보다 어차피 두 분이 거절하신다 해도 저 혼자만이라도 할 것이니까요."

그녀들은 진무성의 마음이 이미 정해졌다는 것을 직감하자 서로를 쳐다보며 고심하는 표정을 지었다.

비록 백리령하가 천외천궁의 공주이고 곽청비가 검각의 이인자라고는 하지만 이번 사안만은 그녀들이 독단적으로 결정할 수 없었다.

"언제 창방하실 예정이지요?"

"일주일 안에 할 생각입니다."

"너무 급한 것 아닙니까?"

곽청비의 반문에 진무성은 잠시 생각하더니 조심스럽게 입을 열었다.

"곧 무림에 큰 환란이 벌어질 것입니다. 그래서 더 이상 시간을 끌 수가 없다는 것이 제 판단입니다. 물론 전제 예측이 틀리기를 바랍니다."

"그런 예측을 하신 이유가 있습니까?"

진무성은 즉답을 하지 않았다. 아니 못했다.

자신도 믿기 어려운 천기를 보고 예측을 했다는 말을 그녀들이 믿을 것 같지 않았기 때문이었다.

"말보다는 직접 경험하시는 것이 좋을 것 같습니다. 다만 틀릴 수도 있다는 점은 다시 이해를 바라겠습니다."

백리령하와 곽청비는 의아한 표정으로 진무성을 보았다. 그의 말을 다르게 해석한다면 일주일 안에 사건이 벌어질 수도 있다는 의미였기 때문이었다.

그리고 진무성의 예측은 사실로 진행이 되고 있었다.

* * *

항산파의 장문인 금용표는 주위에 죽어 있는 제자들을 보며 피눈물을 흘렸다.

새벽에 갑자기 쳐들어온 복면인들은 어떤 경고도 없이 보이는 대로 사람들을 죽여 나갔다. 여인이고 아이고 심지어 개들까지, 그들은 살아 있는 생명은 모두 죽였다.

끝까지 버틴 금용표 역시 온몸이 피투성이가 되어 쓰러져 있었다. 이미 팔 하나가 잘려 살아 있는 것이 오히려 신기할 정도였다.

"이 악마 같은 놈들! 항산파와 무슨 원한이 있길래 이토록 잔인할 수가 있단 말이냐!"

금용표는 원독이 가득한 눈으로 외쳤다.

"재수가 없었다고 생각해라. 하지만 억울해할 필요는 없다. 다른 놈들도 곧 너희들을 따라갈 테니까!"

지휘자로 보이는 복면인은 더 이상 시간을 끌기 싫다는 듯 그대로 금용표의 목을 잘라 버렸다. 그리고 주위에 서 있는 복면인들을 보며 말했다.

"살아 있는 것은 모두 죽였느냐?"

"예! 이제 항산파는 완전히 사라졌습니다."

"불을 지르고 떠난다."

그의 말이 끝나고 곧 항산파는 불에 잿더미로 변했다. 삼백 년 역사를 가진 정파의 중견 문파가 겨우 한 시진 만에 사라져 버린 것이었다.

그런 이유없는 멸문은 항산파에서만 일어난 일이 아니었다.

* * *

"이게 정말이야?"

백리령하는 천외천궁의 제자가 가져온 보고를 읽다 말고 놀라 반문했다.

"하루 만에 여섯 개 문파가 멸문을 했습니다. 죽은 사람만 오백여 명에 달한다고 합니다. 모두 정파이고 항산파를 비롯한 네 개 문파는 무림맹에 속한 문파라고 합니다. 지금 무림맹도 발칵 뒤집혔다고 합니다."

진무성에게 무림에 혈겁이 일어날지도 모른다는 말을 들은 것이 겨우 이틀 전이었다. 그런데 그 말이 실지로 일어난 것이었다.

그때, 문이 열리며 곽청비가 들어왔다. 그녀의 표정도 심상치 않은 것으로 미루어 보아 이미 혈겁의 보고를 받은 듯했다.

"역시 검각이네? 보고를 받은 모양이지?"

"공주도 받았어?"

백리령하는 고개를 끄덕였다.

"받았어."

"놀랍지 않아?"

"놀라워. 하루 만에 여섯 개 문파가 멸문했어. 그것도 한 지역이 아니라 중원 각지에 분포된 문파들이야. 무림 전역에 세력이 있다는 방증이라고 봐."

"그것보다 진 대협이 이런 일이 일어날 것을 이미 예측했다는 것 말이야."

"예측이야 할 수 있는 거 아닌가?"

"일주일이라는 시한까지 말했잖아? 그렇게 정확한 예

측을 하려면 그에 상응하는 광범위한 정보망이 있어야 해. 그런데 그가 강호에 나온 것은 이 년이 채 안 됐어. 너무 놀라운 일 아니야?"

"그 사람 무공이면 불가능한 것도 아니잖아?"

"강한 무공이면 몇 개 문파 없애는 것은 가능하지만 정보는 달라. 돈이 없으면 정보망을 구축하는 것은 불가능해. 난 진 대협이 돈까지 있다는 것이 더 놀라워. 아무래도 그 사람을 돕는 재력가가 있는 것이 분명해."

"그 사람이 어떤 사람인지를 알아내는 것은 다음 일이야. 우선 그 사람의 진정성만 믿자고."

백리령하의 말에 곽청비는 미묘한 눈빛으로 쳐다보더니 고개를 끄덕였다.

"좀 이상하긴 한데, 진정성을 믿자니까 그러지 뭐. 그럼 우리가 결정해야 할 시간이 오 일 밖에 안 남은 거네?"

"뭐가?"

"맞잖아! 진 대협께서 말한 연맹. 그분 말대로 혈겁이 진짜 시작됐으니 우리도 뭔가 보여 줘야 하지 않겠어?"

"곽 검주는 검후님을 설득할 수 있겠어?"

"공주는 궁주님을 설득할 자신이 없어?"

"……."

곽청비의 말에 백리령하는 답을 하지 못했다. 천외천궁

궁주의 고지식함에 대해 잘 아는 그녀로서는 설득이 절대 쉽지 않다는 것을 잘 알고 있었기 때문이었다.

"검후님은 설득이 가능할까? 무림맹주님과 사이가 아주 돈독하시잖아?"

"무조건 해 봐야지 뭐. 그래서 난 잠시 찢어져야 할 것 같아."

"검각으로 가게?"

"응. 그 사람 혼자만 대무신가를 상대하게 두고 볼 수는 없잖아?"

'얘 봐라…… 아무래도 이상해? 좀 사감이 들어가 있는 것 같네?'

까칠한 곽청비의 성격을 잘 아는 그녀로서는 곽청비의 지금 행동이 이상하다는 생각을 지울 수 없었다.

하지만 말과는 달리 그녀 역시 천외천궁으로 갈 생각을 하고 있었다.

그리고 곽청비 역시 그런 그녀를 이상하게 보고 있다는 것을 모르고 있었다.

* * *

눈을 감은 채 보고를 받던 사공무경의 안면 근육이 실

룩거렸다.

"그래서 모두 죽었다는 것이냐."

"저, 저도 궁마종까지 죽었다는 것이 너무 당황스러워 믿을 수가……."

사공무일은 마치 자신의 잘못이라도 된 듯 고개를 조아렸다.

"기관도 다 작동을 했는데 통하지 않았고, 내가 만든 계획대로 광장에서 최후의 결투를 벌였는데 전멸이라?"

"창귀 혼자만 있었던 것은 아니었습니다. 최소한 백 명 가량의 조력자가 있었던 것이 분명합니다."

"그것은 어떻게 유추한 것이냐?"

"전장에 싸운 흔적이 고스란히 남아 있었습니다. 세부 사항은 보고서에 다 그려 놓았습니다."

사공무경은 눈을 뜨고는 앞에 놓인 종이를 들었다. 그곳에는 전투가 끝난 후의 사망동 모습이 아주 자세하게 그려져 있었다.

그리고 각 장에는 죽은 자들의 몸에 남겨진 상처와 추정되는 무공까지 세세한 분석도 곁들어져 있었다.

"검각의 무공과 천외천군의 무공이라……? 설마 그놈들이 창귀의 뒷배라도 되는 것인가?"

중얼거리던 사공무경은 다음 장을 넘기면서 표정이 점

점 굳어졌다.

 사망 광장의 모습과 창귀에게 죽은 수하들의 시신에 남겨진 상처, 그리고 주위에 남겨진 흔적들이 자세히 그림과 함께 설명되어 있었다.

 그는 눈을 감고는 그림에 그려진 상황을 머리에 그리며 광장에서 벌어진 전투의 장면을 유추하기 시작했다.

 그리고 놀랍게도 그는 마치 진무성과 궁마종 간 벌어진 전투를 직접 본 것처럼 매우 비슷하게 상황을 그려 내고 있었다.

 '이, 이놈이 어찌 이렇게 많은 마교의 무공을 알고 있는 거지? 구유마종도 이렇게 다양하게 알고 있지 못할 것인데…… 마노야와 분명히 연관이 있어.'

 창귀에게 당한 자들에 대한 정보가 이렇게 정확하게 알려진 것은 이번이 처음이었다. 그리고 그것은 사공무경을 기함하게 만들기에 충분했다.

 진무성이 사용한 무공들이 전부 마교의 무공이었기 때문이었다. 그런데 그를 더욱 놀라게 한 것은 몇몇 시신에서 나타난 현상이었다.

 흡성마공에 당한 것과 흡사하게 목내이 같이 죽어 있는 시신들.

 하지만 흡성마공은 아니었다. 그러자 그의 뇌리에 한

가지 무공이 떠올랐다.

"천극혈성마공!"

사공무경은 자리에서 벌떡 일어났다.

그의 눈은 도저히 있을 수 없는 일이 벌어졌다는 듯 경악으로 커져 있었다.

그의 앞에 부복을 하고 있던 수하들은 사공무경의 반응에 급히 이마를 바닥에 댔다. 생전 처음보는 사공무경의 모습에 불안한 듯 몸까지 떨 정도였다.

"실패한 무공이거늘…… 아니야…… 아닐 거야. 나도 결국 완성을 못하고 포기한 무공이거늘 누가 있어 펼친단 말인가……."

그는 천극혈성마공에 대해 자세히 알고 있는 듯 이상한 말을 중얼거렸다.

그리고 사공무일을 보며 말했다.

"무일아."

"예! 가주님."

"대무신가에서 파멸계를 시작했느냐?"

"어제부터 시작했습니다. 아마 지금 무림은 벌집을 쑤신 듯 난리가 났을 것입니다."

"창귀 놈이 사망동을 깨끗하게 두고 간 것은 우리에게 경고를 한 것이다. 보내려면 더 강한 사람을 보내라는 의미지. 구마종과 이 마신을 모두 깨워라. 놈이 원하는 대로 해 주어야겠다."

"알겠습니다. 당장 시행하겠습니다."

"그리고 무혈이에게 전서를 보내라. 마노야에 대해 거짓을 말하거나 모르쇠로 일관한다면 십만대산을 아예 피바다로 만들 것이다라고 구유마종에게 경고를 하라고 해라."

"알겠습니다!"

사공무일도 상황이 얼마나 심각한지를 이미 알고 있는 터라 크게 답하고는 급히 밖으로 사라졌다.

모두가 나가자 사공무경은 다시 보고서를 들어 자세히 살피기 시작했다. 창마종의 무공뿐 아니라 마영신과 귀영백변신 등 수많은 마교의 절기를 펼친 흔적이 적나라하게 그려져 있었다.

'놈이 감히 보란 듯이 이렇게 흔적을 남겼단 말이지…….'

분노에 찬 사공무경의 등 뒤로 거대한 마신의 그림자가 드리워지고 있었다.

* * *

백리령하와 곽청비가 스스로 떠나자 홀가분해진 진무성은 남창 포구로 향했다. 본격적으로 전쟁이 시작되기 전 설화영을 만나 향후 어떻게 할지에 대해 의논을 하기 위해서였다.

그가 사망동에 시신들을 그대로 둔 채, 개방 등에 알리지 않은 것은 사공무경의 판단대로 그들에게 경고를 하기 위함이었다.

그리고 그것이 얼마나 위험한 행동이었는지를 잘 알고 있었다.

하지만 최대한 피해를 줄이기 위해서는 어쩔 수 없었다.

남창 포구에 도착한 진무성은 주위를 둘러보았다. 그리고 표식 하나를 발견하자 그쪽으로 걸음을 옮겼다.

그때 그의 표정이 변했다.

뜻밖의 무리들이 그의 눈에 띄었기 때문이었다.

6장

진무성은 슬쩍 몸을 숨겼다.

그가 얼굴을 아는 자들이 몇 명 보였기 때문이었다.

'저자들이 왜 여기에 온 거지?'

그의 눈에는 포구 주루에 앉아 지나가는 사람들을 유심히 보고 있는 십여 명의 무인들이 보였다.

그중 한 명은 그를 무던히도 귀찮게 하던 복대봉이었다.

변복을 한 동창들이었다.

잠시 생각하던 진무성의 검미가 살짝 꿈틀했다. 대무신가를 역적으로 지정하고 동창이 추격에 나섰다는 말은 이미 그도 알고 있었다.

그런데 악양에 있어야 할 이들이 이곳에 와 있다는 것은 뭔가 새로운 정보를 얻었기 때문일지도 모른다는 생각이 든 것이다.

동창이나 정보 상인 등 정보망으로 유명한 조직들이 있었지만 역시 천하제일의 정보망은 황실에서 보유하고 있었다.

우선 천하 곳곳에 있는 관과 군이 모두 황실의 정보망이었다. 게다가 상단의 돈 흐름 같은 보통 사람들은 절대 알 수 없는 고급 정보들도 황실만은 수집할 수가 있었다.

진무성은 그들 옆을 지나며 복대봉을 슬쩍 쳐다보았다. 그리고 일부러 그와 눈을 마주치고는 당황한 듯 걸음을 빠르게 걷기 시작했다.

환골탈태 이후 한 번도 본 적이 없는 진무성을 복대봉은 처음에는 알아보지 못했다. 그러나 눈을 마주치자 신기하게 진무성의 얼굴이 그대로 느껴졌다.

"야! 거기 혹의 입은 놈! 좀 서 봐라!"

안하무인이던 황도에서의 버릇을 아직도 고치지 못한 듯 복대봉은 큰 소리로 진무성을 불렀다.

[복대봉! 지금 뭐 하는 짓이냐? 우리가 지금 비밀 임무 중인 것을 잊었느냐!]

자리에 앉아 거드름을 피우던 동창 특무단 부단주인 구

홍곡이 화난 목소리로 질책을 했다.

[태보감님, 방금 지나간 흑의를 입은 놈 저희가 찾던 진무성 오십부장이 분명합니다.]

[정말이냐?]

[얼굴이 좀 변하기는 했지만 분명합니다.]

구홍곡은 잠시 포구를 둘러보더니 몸을 일으켰다. 대무신가에 대해 첩보를 얻은 것이 있어 확인을 하러 오기는 했지만 그들이 강호에 나온 주목적은 진무성을 잡는 것이었다.

[쫓는다! 단 사람이 많은 곳을 벗어난 한적한 곳에서 추포한다.]

[예!]

[예!]

구홍곡의 말에 특무단원들은 곧 진무성의 뒤를 따르기 시작했다. 흑의를 입은 진무성의 모습은 눈에 잘 띄어 추격도 그리 어렵지 않았다.

그들은 진무성이 자신들을 유인하고 있다고는 전혀 상상도 하지 못하고 있었다.

남창포두를 벗어나자 곧 울창한 활림이 나타났다. 통행을 하는 사람도 급격하게 줄어들자 진무성은 길을 버리고 활림 안으로 뛰어 들어갔다.

[놈이 우리가 추격을 하는 것을 눈치챈 것 같다. 놓치지 마라.]

구홍곡의 전음에 가장 먼저 활림으로 뛰어든 자는 복대봉이었다.

동창에게 뻣뻣한 진무성을 여러 차례 손을 봐주려고 했지만, 이상하게 만날 때마다 사람들의 눈이 너무 많은 곳이어서 약만 바짝 올랐던 복대봉은 진무성을 잡으면 절대 쉽게 죽일 생각이 없었다.

[이제 잡을까요?]

상당히 깊숙이 들어온 복대봉은 구홍곡에게 허락을 구했다.

[잡아라! 그놈에게 알아볼 것이 많으니 팔다리 하나 정도 자르는 것은 상관없지만 죽이지는 마라.]

구홍곡의 말에 복대봉을 비롯한 요원들은 진무성을 향해 몸을 날렸다.

'응? 이놈이 갑자기 어디로 갔지?'

선두에 서서 가장 먼저 앞서 나간 복대봉은 자리에 선 채, 어리둥절한 표정으로 주위를 살폈다.

분명 흑의를 입은 진무성이 나무 사이를 헤치고 나아가는 것을 보고 달려왔는데 아무도 보이지 않았기 때문이었다.

[뭐야? 어디 갔어? ……모두 주위를 수색해라.]

구홍곡도 의아한 듯 모두에게 명을 내렸다.

특무단은 추적에도 일가견이 있는 조직이었다. 그러나 모두는 진무성의 종적을 찾을 수가 없었다.

[저깁니다.]

그때 한 요원이 한 곳을 가리키며 외쳤다.

나뭇잎 사이로 진무성의 검은 옷이 힐긋힐긋 보이고 있었다.

모두는 그쪽으로 다시 몸을 날렸다.

[없습니다.]

도착한 요원들은 이번에도 진무성의 흔적이 없자 뭔가 심상치 않음을 느낀 듯 무기들을 빼 들었다.

[복대봉.]

[예!]

[틀림없이 진무성이었느냐?]

[예, 분명합니다.]

[무공을 알고 있다는 말은 들었지만, 일개 오십부장이란 놈이 이렇게 강하다고?]

[잔재주가 뛰어난 놈입니다. 그렇게 강한 놈이 아닙니다.]

[네놈은 지금 이게 잔재주로 보이느냐! 보위감이라는

놈이 어떻게 상대 무공을 보는 눈도 없는 거냐!]

구홍곡의 질책에 복대봉은 찔끔하고는 고개를 숙였다. 그때, 다른 대원이 소리쳤다.

[저기 있습니다!]

또다시 나타난 검은색.

그들은 다시 몸을 날렸다.

울창한 활림 안에 조성된 작은 공터에 서 있는 진무성을 발견한 동창요원들은 그를 포위했다.

"네놈이 진무성이냐?"

구홍곡의 질문을 들은 진무성은 피식 웃으며 말했다.

"추적하면 동창이라고 들었는데 내가 모습을 보여야 쫓아올 수 있는 정도라니 실망이구나."

진무성의 말에 모두의 안색이 변했다. 한 마디로 그가 그들을 가지고 놀았다는 의미가 아닌가……

"저, 저, 저 건방진 말투! 저놈이 진무성 확실합니다!"

복대봉은 나서자 진무성은 그를 지그시 주시하며 물었다.

"넌 내가 정말 진무성이라고 확신하는 거냐? 진무성의 얼굴을 똑똑히 보긴 했냐?"

"뭐야?"

진무성의 얼굴을 정면으로 쳐다본 복대봉의 표정이 살

짝 구겨졌다. 분명 맞다고 생각했는데 그가 알던 진무성과는 얼굴이 미묘하게 다르다는 것을 느낀 때문이었다.

'저놈…… 분명 얼굴에 자상이 여럿 있었는데? 내가 잘못 본 것인가?'

무엇보다 자상이 사라진다는 게 이해가 안 됐다.

하지만 그는 이제 와서 헷갈리는 표정을 지을 수는 없었다. 남창포구에서 잡으려던 자까지 포기하고 여기까지 왔는데 아니었다가는 자신이 맞아 죽을 수도 있기 때문이었다.

"네놈이 진무성 맞지 않느냐! 제법 변장을 잘했다만 내 눈을 속일 수는 없다."

"그건 그렇다치고, 악양에 있어야 할 동창이 갑자기 여기까지 온 이유가 뭐냐?"

"네놈이 그것까지 알 필요는 없다. 순순히 오라를 받으면 목숨만은 부지할 수 있을 것이니 그 자리에 엎드려라."

"내가 바쁜 시간을 쪼개면서까지 너희를 여기까지 유인한 것이 그 이유를 알기 위해서인데 알 필요가 없다고 하면 내가 좀 섭섭해지겠지?"

구홍곡의 표정이 굳어졌다. '유인'이란 단어가 그의 뇌리를 쳤기 때문이었다.

"유인이라고 했느냐?"

"그럼 네놈들이 나를 어떻게 쫓아 올 수 있었겠느냐?"

"네 이놈! 종칠품에 불과한 오십부장 놈이 감히 정사품인 태보감에게 그따위 무례한 말투를 보이다니 정녕 죽고 싶은 게냐?"

"그러게 그냥 오십부장으로 있으려고 했는데 네놈들이 쫓아냈지 않느냐? 지금은 평민에 불과한데 정사품이고 뭐고 내게 따져 봐야 무엇하겠느냐?"

순간 구홍곡을 비롯한 동창 요원들 모두가 식겁한 표정으로 모두 한 걸음씩 뒤로 물러섰다. 자신들도 모르게 물러선 것은 갑자기 진무성의 손에 나타난 창 때문이었다.

그 모습은 누구나 알고 있는 창룡의 모습이었기 때문이다.

"진무성이 아니었소?"

구홍곡의 말투가 갑자기 바뀌었다. 그의 뇌리에 한 인물이 떠올랐기 때문이었다.

"그거야, 저 미련한 놈에게 물어보고 이곳에 온 이유나 말해 봐라."

진무성은 어안이 벙벙한 표정을 짓고 있는 복대봉을 흘깃 보며 다시 말했다.

"그건 동창의……."

"으헉!"

구홍곡의 말이 끝나기도 전에 복대봉의 입에서 바람 빠지는 소리가 들려왔다.

"내가 황실의 녹을 먹는 동창요원들을 굳이 죽일 생각은 없다. 하지만 내가 원하는 대답을 듣지 못할 경우에는 상대를 가리지 않는다. 동창의 규율이니 뭐니 하는 말은 입밖으로 꺼낼 생각도 하지 마라."

구홍곡은 진무성의 창에 어깨를 관통당하고 고통에 땀을 쩔쩔 흘리는 복대봉을 보자 자신의 짐작이 맞았다고 판단했다.

"창룡 대협, 저희가 사람을 잘 못 본 것은 깊히 사과드리겠습니다. 하지만 지금 저희가 쫓고 있는 자들은 대무신가라는 역적들입니다. 무림과는 아무런 상관도 없는 일입니다."

"무림인들도 지금 대무신가를 쫓고 있다는 것을 모르느냐? 다시 한번 묻는다. 마지막 질문이니 잘 생각해서 답해라. 남창 포구에 온 이유를 말해라."

마지막 질문이라는 말에 구홍곡의 얼굴이 부르르 떨렸다. 대답을 하지 않으면 죽이겠다는 최후의 경고임을 느꼈기 때문이었다.

그는 포위를 하고 있는 수하들을 쳐다보았다. 그들은

창에 꼬치처럼 꿰인 채 공중으로 들려 고통받고 있는 복대봉을 보며 공포에 질려 있었다.

천하의 동창이 아직 정체가 확실하게 밝혀지지 않은 자가 단지 창을 들고 있다는 이유로 이렇게 떨고 있다는 것은, 창룡의 명성이 얼마나 무서운 존재로 각인 됐는지를 확실하게 보여 주고 있었다.

잠시 머뭇거리던 구홍곡은 결국 입을 열고 말았다. 그는 자신의 목숨을 가지고 모험을 할 생각이 없었다. 더구나 이십 년을 충성을 바쳐 겨우 올라온 태보감 자리였다. 이제 겨우 권력의 끝자리에 올라섰는데 이대로 죽을 수는 없었다.

"사실은 제독 나리께서 대무신가를 빨리 찾아 제황병을 회수하라는 명을 내리셨습니다. 그래서……."

동창에서는 대무신가의 거대한 세력에 대해 듣자 그들에 대한 추적에 들어갔다. 그러나 점쟁이 가문이다. 무당의 가문이다. 등등 여러 정보가 있었지만 막상 대무신가가 어디에 있는지 그리고 그들이 원하는 것이 무엇인지 알 수 있는 것이 전무했다.

해나 분명한 것은 하나 있었다.

그렇게 거대한 조직을 이끌기 위해서는 반드시 필요한 것인 돈이었다. 동창에서는 대무신가 정도의 세력에게 필요한 돈을 대기 위해서는 최소한 사대상단 정도의 규모가 필요하다는 판단하에 조사를 하던 중, 유의미한 정보를 얻는 데 성공했다.

그들이 온 것은 거액의 돈이 천하전장에서 빠져나와 남창포구로 올 것 같다는 첩보 때문이었다.

'천하전장?'

구홍곡의 말을 듣던 진무성의 눈에 이채가 나타났다. 설화영도 천하상단에 대해 뭔가 있다는 말을 해 준 적이 있었다. 그리고 그 역시 천하상단과 천하전장에 대해 의구심을 가지고 있었다.

하지만 그들은 무림인이 함부로 건드릴 수 없는 양민이었다. 더욱이 그들은 수많은 백성의 먹거리와 입을 거리를 제공해 주는 중요한 유통을 맡고 있는 곳으로 그들이 갑자기 사라지면 천하가 흔들릴 정도로 큰 혼란에 빠질 수 있다는 점 때문에 진무성도 아직 손을 대지 못하고 있었다.

그런데 동창에서도 그들을 조사하기 시작했다는 것은 우연이라기보다는 그들이 범인일 확률이 높다고 봐야 했다.

"그럼 마지막으로 진무성도 대무신가의 사람이냐?"

"그건 아닙니다."

"그럼 진무성은 무슨 죄가 있길래 쫓아 온 것이냐?"
"진무성 그자는 구문제독부의 오십부장으로 있던 자입니다. 황도에서 일어난 여러 살인 사건에 연루가 되어 있는 용의자입니다."
"살인 용의자일 뿐인데 중요한 조사를 두고 쫓아왔다? 말은 안 되지만 그렇다고 쳐 주지."
알 것은 다 알아낸 진무성은 복대봉을 휙 던져 버렸다. 이미 고통에 정신줄을 놓아 버린 듯 신음만 간신히 내뿜던 그는 땅바닥에 철썩 떨어지며 진짜 기절을 해 버렸다.
'황도에서부터 죽이고 싶었던 놈이었는데 중요 정보를 알아내는 데 일조를 한 셈이니 오늘까지는 살려 주지.'
기절한 와중에도 꿈틀거리는 복대봉을 보며 진무성은 그 자리에서 스르르 사라졌다.
그러자 모두는 기다렸다는 듯이 한숨을 내 쉬었다. 그들이 창룡이라는 명성만으로 이렇게 꼼짝을 못한 것이 아니라. 진무성의 몸에서 풍겨 나오는 강력한 기의 영향도 있었음을 알 수 있었다.
구홍곡은 아직 정신을 못 차리고 있는 복대봉을 힐긋 보며 말했다.
"저놈 말을 듣다가 모두 죽을 뻔했군……."
하지만 창룡을 만났다는 것만으로도 그에게는 큰 소득

이었다. 이제 동창의 간부 중 창룡의 얼굴을 아는 사람은 그밖에 없는 것이기 때문이었다.

* * *

사공무혈은 구유마종이 넘긴 서류를 보며 버럭 화를 냈다.
"이런 정보를 처음부터 주어야지 왜 숨긴 것이오!"
"숨기다니? 사공무혈 내가 마교의 교주인 구유마종이다. 말조심해라!"
"가주님께서 이 일에 대해 얼마나 중요시하는지 모르시는 거요?"
"십만대산에 갇혀 지내는 우리가 무엇이 중한지 어찌 알겠소!"
사공무혈과 구유마종은 서로 상대에 대해 불만이 많은 듯 매우 분위기가 안 좋았다.
"그럼 안탕산 사건이 무엇인지 설명을 해 보시오."
사공무혈의 질문에 구유마종은 딱하다는 표정으로 말을 받았다.
"사공무혈, 안탕산은 사건이 아니라 천재지변이었다고 이미 말하지 않았나?"

"그러니까 무슨 일이 일어났는지만 말해 달라는 겁니다. 가주님의 뜻까지 어겨 가며 안탕산에 왜 갔는지 그 이유를 말씀해 달라는 겁니다."

"안탕산에서 일어난 지진으로 인하여 본 교의 마신상에 균열이 생겼다. 본 교주는 그렇게 거리가 많이 떨어진 안탕산에서 일어난 천재지변이 본 교의 마신상에 전해진 것은 마신님께서 본 교에게 뭔가를 알려 주는 것이라고 판단하여 조사를 명했던 것뿐이다."

"지금 그것을 믿으라고 하시는 말씀은 아니시겠지요?"

"믿건 말건 그것은 대무신가에서 알아서 할 일이지만 그런 일이 벌어졌던 것은 사실이다."

"그럼 안탕산에 갔던 자들이 총단으로 귀환하지 않고 황도를 방문한 이유는 뭡니까?"

"그런 것까지 내가 보고할 의무라도 있다는 말이냐? 생쥐도 구석으로 너무 내몰면 덤빈다. 하물며 우리는 마교다. 선을 넘지 말아라."

"마노야 때문이 아닙니까?"

"무슨 말이냐?"

"가주님께서 이미 마노야의 유지가 적힌 서류를 보셨습니다."

"가주께서 보셨다면 의미없는 시구 하나밖에 없었다는

것을 아실 것 아니냐?"

"가주님께서는 교주께서 뭔가를 빼놓았다고 하셨습니다. 가주님의 예측이 틀릴 수 없다는 것은 교주님도 잘 아시지 않습니까?"

"모르는 것이 없는 가주님께서 어찌 이 일에 대해서만은 계속 우리에게 알려 달라고 하는 이유를 모르겠구나."

구유마종이 버티자 사공무혈은 어쩔 수 없다는 표정으로 품에서 쪽지 하나를 꺼내 건넸다.

"이게 뭐냐?"

"가주님께서 어제 제게 보낸 서찰입니다."

순간 구유마종의 표정이 구겨졌다.

사공무경과 마교 간에는 절대적으로 중요한 사안에 대해 직통으로 연락을 할 수 있는 도구가 하나 있었다.

마응(魔鷹)이라고 불리는 전서응이었다.

십만대산은 매우 사나운 맹조들이 많이 서식하기 때문에 전서구가 들어갈 수 없었다.

마응은 십만대산에 사는 맹조들 중 가장 무서운 혈매응이었다. 너무 사납고 야성이 깊어 천 마리 중 겨우 한 마리 정도만 훈련이 가능한 새였다.

마교에서도 마응은 겨우 두 마리밖에 없었다. 그중 한 마리는 구유마종이 소유하고 있었고 다른 한 마리는 사공무경이 가지고 있었다.

단점은 마교로 갈 수는 있지만 다시 사공무경에게는 돌아갈 수 없기 때문에 반드시 누군가 가서 다시 운반을 해야 한다는 점이었다.

그래서 사공무경은 지금까지 마응을 보낸 적은 한 번도 없었다. 그런데 전서를 보냈다는 것은 그만큼 마노야에 대한 사안을 대단히 중요하게 생각하고 있음을 보여 주는 것이었다.

구유마종은 쪽지를 펼치고는 내용을 읽기 시작했다. 그의 표정이 점점 일그러지는 것으로 미루어 매우 불편한 내용이 적혀 있음을 알 수 있었다.

"가주님께서는 이번 사안에 대해 매우 격노하셨습니다. 가주님께서 계속 숨기신다면 최악의 상황을 맞이할 수도 있음을 아셔야 합니다."

명백한 협박이었다. 그러나 구유마종은 반박을 하지 못했다. 쪽지에 적힌 사공무경의 전언에 충격을 받은 듯했다.

'사공 가주, 이자라면 진짜 마교를 없애 버릴 수도 있다.'

그는 오십여 년 전 느닷없이 마교의 총단을 방문한 한 중년인을 떠올렸다.

십만대산은 마교의 총단이 있는 곳으로 모르는 사람이 없었다. 하지만 막상 십만대산을 찾는 사람들은 곧 실망하고 말았다.

 신강 어디에도 십만대산으로 불리는 산이 존재하지 않기 때문이었다. 심지어 마교의 총단이 있었다는 것조차 새외에서는 아는 사람이 거의 없었다.

 그런데 십만대산에 들어왔고 마교의 총단까지 나타난 것이다. 바로 그자가 사공무경이었다.

 그는 단신으로 나타나 마교의 모든 고수들을 굴복시켰다. 전대 교주이자 마교 제일 고수였던 그의 스승 파혼절정마 역시 그의 십 초를 받아 내지 못하고 무릎을 꿇었다.

 더욱 놀라운 것은 그가 상대하는 마교의 고수가 사용하는 무공으로 싸웠다는 사실이었다.

 그는 마교의 무공을 마교의 고수들보다 더 능숙하고 강력하게 펼치며 완전히 마교를 굴복시켰다. 이후 오십 년 동안 마교는 사공무경의 조종을 받았다.

 마교가 무림에 모습을 보이지 않았던 것도 사공무경의 명령 때문이었다.

 구유마종은 교주가 된 후, 딱 한 번 사공무경을 보았다. 그리고 자신을 수하 대하듯 하는 그에게 치욕을 느꼈다.

 마교의 존속을 위해 그에게 고개를 숙이기는 했지만 본

성이 반동적인 마교의 특성을 지닌 마교도들은 계속적으로 사공무경에게서 벗어나기 위해 온갖 방법을 강구했다.

그러던 중 찾아낸 것이 바로 마노야의 유지였다.

구유마종은 절대 십만대산을 벗어나지 말라는 사공무경의 뜻까지 어겨 가며 금면사자 등을 안탕산에 보낸 것도 궁극적으로는 사공무경의 지배에서 벗어나기 위함이었다.

그만큼 사공무경이란 존재는 마교에게는 공포의 대상이었다.

"가주님의 뜻을 모르는 바는 아니지만……."

"가주님께서는 마노야에 대해 모든 것을 알고자 하십니다."

'이놈이 감히!'

자신의 말을 끝까지 듣지도 않고 끊어 버리는 사공무혈의 행동에 구유마종의 눈에 혈기가 잠시 나타났다가 사라졌다.

사공무혈도 구유마종이 화가나면 자신의 목숨이 여기서 끝날 것임을 알고 있었다. 하지만 그는 사공무경의 명령을 따르기 위해서라면 자신의 목숨 따위는 상관없었다.

"만약 그런 것이 없다고 하신다면 전 더 이상 이곳에 머물 이유가 없다고 생각합니다."

마교를 없애 버릴 수도 있다는 최후통첩이었다.

눈가를 파르르 떨며 주먹을 꽉 쥔 구유마종은 잠시 사공무혈을 노려보더니 결국 귀곡신유를 보며 말했다.

"가지고 와라."

"교주님, 마노야 조사님께서는 절대 비밀로 하라고 유지를 남기셨습니다."

"이미 유지의 이행이 틀어졌지 않느냐? 가지고 와라."

귀곡신유는 자신들을 압박하는 사공무혈을 한 번 노려보더니 허리를 숙이고는 밖으로 나갔다.

"가지고 오라고 하신 것이 마노야의 유지입니까?"

"마노야 조사님께서 자신의 방에서 사라지신 후, 그 분이 남긴 유지를 발견했었다. 하지만 거기에 적힌 글이 너무 터무니없어 그냥 서고에 방치했었다."

"터무니없었다는 것이 어떤 내용입니까?"

"귀곡신유가 가지고 올 것이니 그때 직접 읽어 봐라."

"전 터무니 없는 그 내용을 가지고 안탕산으로 장로와 금면사자를 보낸 이유가 무엇인지를 교주님께 직접 듣고 싶습니다."

"꼭 내게 직접 들어야겠느냐?"

"가주님께서 원하십니다."

수하들에게 모두 나가라는 듯 눈짓을 한 구유마종은 모

두 나가자 무겁게 입을 열었다.

"마노야의 유지를 따라 안탕산에 갔던 것은 사백 년 전이 처음이었다. 당시 교주였던 잔혹마종께서는 혼천만겁진세가 펼쳐 있는 것을 발견하고는 후대 교주는 마노야 조사님의 유지를 따르라는 명을 내리셨다. 이후, 역대 교주님들은 혼천만겁진세가 열리는 마기의 날에 정기적으로 안탕산을 찾아갔었다."

"혼천마겁진세는 마교의 진이 아닙니까?"

"마노야 조사님께서 창안한 진으로 안에서 열어 주기 전에는 누구도 들어갈 수 없는 진이다."

"마노야가 그곳에 사적인 조직이라도 만들었다는 겁니까?"

"그건 아니다."

"그럼 진 안에 아무도 없는데 왜 수백 년을 찾아간 겁니까?"

"마노야 조사님께서는 대업이 완성되면 진을 열어 줄 것이라고 했기 때문이다."

"대업이 뭡니까?"

"나도 모른다. 다만 마교의 부흥을 이룰 대업이라고만 하셨다. 전대 교주님들은 마노야 조사님께서 마교를 위한 특별한 안배를 진 안에 해 놓으셨을 것이라고 판단하셨기 때문에 유지를 따른 것 뿐이다."

"그럼 황도로 간 이유는 뭡니까?"

"얼마 전 혼천만겁진세가 열릴 시기가 되어 그곳을 방문했었다. 그런데 진이 파괴되어 있었다. 금면사자가 안으로 들어가 조사를 했지만 제법 큰 동굴이 발견되었을 뿐 우리가 원하던 마노야 조사님께서 준비했을 것으로 예상했던 안배는 발견할 수 없었다."

"진이 파괴되다니 그게 무슨 소립니까?"

"우리가 도착하기 전, 안탕산 근처에서 큰 지진이 일어났었다는 것을 알았다. 아마도 그 지진에 의해 진에 균열이 간 것은 아닐까 판단되었다."

"그렇다면 마교가 도착하기 전에 그 안에 누군가 들어갔을 확률이 전혀 없는 것은 아니겠군요?"

"지휘를 하던 장로도 그렇게 판단을 하고 조사를 시작했다고 한다. 그리고 몇 가지 의심스러운 정황을 발견한 것으로 안다."

구유마종은 지진 전후에 안탕산에서 일어난 사건들에 대해 말했다.

그의 얘기를 듣던 사공무혈은 갑자기 뭔가 생각이 난 듯 물었다.

"혹시 그 군졸의 이름이 진무성입니까?"

"자네가 그건 어떻게 알고 있나?"

구유마종도 놀란 눈으로 반문했다. 진무성에 관한 것은 누구에게도 말하지 않은 비밀이었기 때문이었다.

"그래서 황도까지 간 것이군요?"

"안탕산에서 무슨 일이 있었는지 알고자 했을 뿐이었다. 그런데 뜻밖에도 황도에 간 수하들이 모조리 죽어 버렸다. 그런데 진무성이라는 이름은 어떻게 안 것이냐?"

"가주님께서 지금 살생부 제일 위에 이름을 올린 놈이 바로 그놈입니다."

"뭐! 왜?"

"가주님께서는 그놈이 창귀라고 생각하고 계십니다."

"지금 무림에서 최고로 화제라는 그놈 말이냐?"

"맞습니다. 가주님께서는 그놈이 마교의 무공을 사용하고 조화신병을 가지고 있는 것에 의구심을 가지고 계십니다."

"……설마?"

눈이 동그래진 구유마종은 다시 물었다.

"가주께서는 그놈이 마노야 조사님께서 안배한 것을 얻었다고 생각하시는 거냐?"

"조화신병을 마지막까지 가지고 있었던 분이 마노야라고 하지 않으셨습니까?"

"그건 그런데…… 나도 본 적이 없는 조화신병을 가주께서는 어떻게 확신을 한다는 것이냐?"

조화신병은 마교의 보물이었지만 그것에 대한 정보는 마교에도 극히 적었다.

마교의 교주인 구유마종조차 아는 것이 거의 없는 조화신병을 사공무경은 어떻게 알고 있는 것일까……?

"가주님은 신이십니다. 당연히 모르는 것이 있다면 그것이 더 이상한 일 아니겠습니까?"

'그럼 마노야 조사님도 그냥 알고 있어야지 왜 그렇게 알아내라고 난리였던 건데?'

구유마종은 속으로 빈정거렸지만 겉으로 나타낼 수는 없었다.

그때 귀곡신유가 얇고 오래된 책자 하나를 들고 안으로 들어섰다.

"이게 마노야 조사님께서 남기신 유지다. 내 설명도 다 들었으니 이만 가라."

구유마종은 귀곡신유가 가져온 책자를 건네며 차갑게 말했다.

"진무성에 대해서 더 아시는 것이 있으면 지금 말씀해 주시지요."

"없다. 마노야 조사님에 관한 것은 그것이 전부다."

"알겠습니다."

사공무혈 역시 알아낼 것은 다 알았다고 판단한 듯 허리를 굽히고는 밖으로 나갔다.

그 역시 사공무경에게 빨리 보고할 생각에 급하기는 마찬가지였다.

* * *

"동창을 만나셨다고요?"

"정보망이라면 동창만큼 정확하고 빠른 곳도 없어. 천하상단과 천하전장과 대무신가는 분명 연관이 있어."

설화영의 질문에 진무성은 확신한다는 듯 답했다.

"구양 총수께서도 천하상단에 의심스러운 점이 많다고 하셨어요."

"영 매, 천하상단에 대해 조사한 것이 있어?"

"제법 많이 모아 놨습니다. 필요하시면 준비해 두겠습니다."

"고마워."

"그런데 어쩌시려고요?"

"대무신가가 너무 강해. 지금 상황에서 그들의 전력을 약화시키거나 하다못해 다급하게 만들어 실수를 하게 만

들려면 돈 줄을 막는 것이 가장 최선인 것 같아서."

"천하상단은 양민들에게 가장 필요한 식량의 유통을 가장 많이 담당하고 있어요. 아무리 대무신가와 연관이 있다해도 잘못되면 양민들이 큰 고통을 받을 수 있습니다."

"천하상단을 없애는 것은 안 되지. 하지만 대무신가와 연관성을 끊어 버리는 것은 가능하지 않을까?"

"이미 세워 놓은 계획이 있으신가 봅니다?"

"돈의 흐름에 대해 아주 잘 아는 자가 있어. 그의 도움을 좀 받을 생각이야."

"상공께 그런 친구가 계셨어요?"

"친구는 아니고 악연으로 알게 된 자인데, 뜻밖에도 아는 것이 참 많아서 큰 도움이 되고 있어."

설화영을 만나러 오는 중, 천하상단을 그대로 존속시키면서 망하게 할 방법을 궁리하던 그의 뇌리에 생각보다 좋은 방법이 떠올랐다.

그리고 그때부터 갑자기 상단에 대한 방대한 정보들이 머리에 입력이 되기 시작했었다.

마노야는 뜻밖에도 상권에 대한 지식도 매우 풍부했던 것이다.

7장

"상공께 도움이 된다니 너무 다행이라고 생각합니다. 어차피 상공께서 품고 가야 할 자이니 좋은 친구라고 생각하는 것도 괜찮다고 생각합니다."

진무성이 말하는 자가 누구를 뜻하는지를 아는 사람은 천하에 오로지 설화영뿐이었다.

"그러게, 이따금 아주 끔찍한 생각을 하게 만드는 것이 좀 문제긴 하지만 말이야."

진무성이 약간은 자조 섞인 표정으로 말하자 설화영은 그의 손을 꼭 잡으며 말했다.

"그래도 모든 것을 다 이겨 내셨잖아요. 소첩은 상공께서 끝까지 해내실 것이라는 것을 압니다."

"영 매가 그렇게 말해 주니 힘이 나는 것 같다. 그래서 말인데…… 이제 같이 있자."

드디어 진무성의 자신이 온 이유를 말하자 설화영은 놀란 눈으로 그를 쳐다보았다. 하지만 곧 그녀의 얼굴에는 기쁨의 미소가 떠올랐다.

"상공……."

"내가 위험하니 영 매가 위험할 수 있니 하는 얘기는 더 이상 하지 마. 저들이 얼마나 대단한 세력을 가지고 있는지 알잖아? 떨어져 있어 봤자. 둘이 죽을 상황을 한 명이 죽는 상황으로 바꾼 것밖에 아무 의미가 없다고 본다. 절강의 총단도 완성이 되었다고 하니까 영 매는 이제 내 옆에서 내게 힘을 줘."

힘을 달라는 말에 그녀는 감격한 듯 떨리는 목소리로 말했다.

"무공도 모르는 제가 상공의 짐이 되지나 않을까 불안했어요."

그녀의 말에 진무성은 그녀의 손을 잡아 품 안으로 끌어들였다.

포근하게 그녀를 안은 그는 귀에 대고 말했다.

"무공을 아는 사람들은 이미 내 주위에 많아. 하지만 내게 힘을 주는 사람은 영 매밖에 없어. 생각만 해도 힘이 나는데 계속 옆에 있으면 얼마나 힘이 되겠어. 아마 천하무적이 될지도 몰라."

 진무성의 말에 설화영은 그의 허리를 손으로 꼭 껴안으며 말했다.

 "상공께서 그렇게 말씀해 주시니 소첩은 그저 감사할 따름입니다."

 "감사니 미안이니 하는 말, 하지 말라고 했는데 영 매진짜 내 말 안 들을 거야?"

 "알았습니다. 이제 안 그럴게요."

 설화영은 이제 사공무경이 전혀 두렵지 않았다. 이제 죽어도 원이 없을 것 같아서였다.

* * *

 "어떻게 됐느냐?"
 "아직 알아내지 못했습니다."
 "대무신가와 그렇게 많이 거래를 했는데 그놈들의 본거지가 어딨는지도 몰랐다는 것이 말이 되느냐!"

 혈사련 련주 파천혈마는 대로한 목소리로 소리쳤다.
 군사인 흑면수사는 머리를 조아렸다.
 "죄송합니다. 대무신가의 지가로 보이는 곳들은 여러

곳 찾아냈지만 완벽하게 점조직으로 이루어져 윗선을 찾아내는데 어려움이 많습니다. 그리고…… 대무신가가 예상외로 매우 큰 세력을 가지고 있음이 밝혀지고 있습니다."

"그래서?"

"귀가에 대해서 이미 보고를 받으셨을 것입니다."

"천년마교의 구마종이 나타났다는 소문 말이냐?"

"처음 저도 터무니없는 소문이라고 치부를 했습니다. 그런데 조사를 하면서 어쩌면 사실일 수도 있다는 생각이 들었습니다."

"말이 되느냐? 거기다 사실이라고 해도 창룡이 어떻게 구마종을 죽여?"

"귀가에 대한 정보가 조금씩 알려지고 있습니다. 그런데 그 전투의 흔적이 실로 대단했다고 합니다. 소문이 맞다면 대무신가는 창룡에게 여간한 대문파라 할지라도 몰락할 정도로 엄청난 피해를 입었습니다. 그런데 그놈들은 오히려 요 며칠간 십여 개에 달하는 정파를 멸문 시켰습니다."

"정파의 멸문이 대무신가와 연관이 있다는 것이냐?"

"멸문한 문파에서 마교의 마공으로 추정되는 흔적들이 다량으로 발견이 되었다고 합니다. 무림맹에서 나온 정보와 개방에서 알아낸 정보를 교차 비교해서 나온 것이니 확실한 정보일 것입니다. 현재 마교의 마공을 사용하는 자들은 대무신가밖에 없습니다."

"네 말은 대무신가가 정말 마교의 잔당들이 세웠다는 것이냐?"

"구마종을 부활시켰다면 더 이상 잔당이라고 치부할 수는 없다고 봅니다."

파천혈마는 잠시 생각에 잠겼다. 그의 표정에는 이유 모를 곤혹스러움이 보였다.

"대무신가가 마교란 말이지……?"

"거의 확실한 것으로 무림맹에서는 보고 있다고 합니다."

"창룡이 마교도일 수도 있다는 소문이 돌았는데 그럼 왜 창룡과 대무신가가 싸우겠느냐?"

"십만대산의 마교와 대무신가간에 알력이 있을 수도 있습니다."

파천혈마의 표정이 살짝 변했다.

'그래 마교에도 분열이 있긴 하지……'

뜻밖에도 파천혈마는 마교에 대해 뭔가를 알고 있는 듯했다.

"그러나, 창룡과 마교 간에 연관성은 없다는 것으로 결론이 나고 있다고 합니다."

심각한 표정을 짓고 있던 파천혈마는 결정을 한 듯 소리쳤다.

"그놈들이 마교이건 아니건 달라질 것은 없다. 놈들은 본 련의 제자들을 죽였고 제황병을 빼앗아 갔다. 혈사련은 원한을 맺으면 반드시 열 배로 갚는다. 흑면수사!"

"예, 련주님!"

"무조건 대무신가를 찾아라."

"존명!"

* * *

혈사련에서 회의를 하고 있던 그 시각, 대무신가를 찾는 곳은 또 있었다.

"아직도 대무신가의 총단을 찾지 못했다는 거냐?"

"의심되는 곳은 모조리 뒤지고 있습니다. 그리고 대무신가와 관계가 있을 것으로 추측되는 곳도 여러 곳 발견을 했지만 총단은 아니었습니다."

암흑무림의 지존인 암흑지마황은 호법인 만수겁륜의 보고에 고개를 갸웃했다. 암흑무림이 지하세계에만 존재한다고 알려져 있지만 천하의 모든 암흑가에는 그들의 정보망이 존재했다.

 특히 대무신가처럼 무림 정파의 눈을 숨기고 행동하는 세력은 그들의 정보망을 피할 방법이 없었다.

 의식주를 정상적으로 보급하면서 정파의 눈을 피한다는 것은 거의 불가능하기 때문이었다. 결국 불법적으로 취득해야 하는데 그것은 암흑세력의 도움을 받아야만 가능했다.

 "군사."

 망혼귀계는 암흑지마황이 자신을 보며 부르자 기다렸다는 듯이 답했다.

 "예! 지존."

 "군사부에서는 대무신가와 소통은 여전히 하고 있다고 늘었는데?"

 "소통을 이어 가고는 있지만 대면은 거절하고 있습니다. 그래서 서찰로만 통하고 있어서 답이 많이 늦습니다."

 "답이 온 것부터 보고해 봐라."

 "우선 본 무림의 수하들을 죽인 것은 오해에 의한 것이었다고 답을 해 왔습니다. 그들의 주장은 창룡의 음모에 빠졌다고 합니다."

 "천하 만상을 모두 다 알고 있다고 큰소리 칠 때는 언제고 이제 와서 창룡 한 명에게 속았다? 그걸 변명이라고!"

대무신가에 위해 큰 피해를 입은 그로서는 오해니 뭐니 하는 말을 받아줄 수 없었다.

"그리고 제황병을 본 무림에 넘긴다면 두 세력 사이에 벌어진 사건들은 그냥 묻어 버릴 수도 있다는 제안에 대해서 거절한다는 답이 왔습니다."

"흥! 그러니까 제황병은 돌려줄 수 없다?"

"본 군사는 제황병의 진위 여부에 대해 좀 더 신중해야 한다고 생각했습니다. 하지만 지금 같은 상황에서 대무신가가 거절을 했다는 것은 제황병이 진짜일 확률이 높다고 판단됩니다."

"본 무림의 염원을 이루기 위해서는 제황병을 반드시 찾아야 한다. 대무신가에 다시 제안해라. 제황병의 주인은 암흑무림이다. 만약 제황병을 온전히 돌려준다면 본 무림이 입은 피해를 없던 일로 해 줄 것이며 대무신가에서 도움을 요청할 시 도와주겠다고 해라."

암흑지마황은 제황병을 얻기 위해서는 수하들의 목숨 따위는 그리 중하지 않은 듯했다.

"소문대로 대무신가가 정체를 숨긴 마교라면 지존의 제안을 받아들일 확률은 거의 없다고 보여집니다."

"우선 제안이나 해라."

"알겠습니다."

"암흑쌍수!"

명을 끝낸 암흑지마황은 수석 호법인 암흑쌍수를 불렀다. 그러자 온몸을 검은 천으로 뒤집어쓰고 얼굴까지 가린 유령처럼 보이는 자가 대답을 했다.

"예!"

"그놈들에게 진정한 본 무림의 힘을 보여 줘야겠다. 암흑원에 연락해 무림에 나갈 준비를 하라고 전해라."

암흑원이라는 말에 모두는 놀란 눈으로 암흑지마황을 쳐다보았다. 암흑원은 암흑무림의 진정한 힘이라고 할 수 있는 암흑무림의 원로들이 모여 있는 원로원이었다.

정파에서 현경이라 불리는 탈마지경에 이른 전전대 마두들이 세 명이나 있었고 화경에 해당하는 극마지경에 든 전대 마두들도 열 명 가까이 됐다.

이외에도 입신인 절정마경에 든 고수가 삼십여 명에 달했으니 전력만으로 따진다면 혈사련과 천존마성을 뛰어넘는다고 해도 과언이 아니었다.

더욱 놀라운 사실은 암흑무림이 그렇게 강하다는 것을 무림에서는 모르고 있다는 점이었다.

대무신가가 파멸계를 시작한 지금, 암흑무림까지 숨겨

진 힘을 세상에 드러내려고 하고 있었으니 실로 무림에 최악의 혈난이 벌어질 조짐이 확실히 보이고 있었다.

* * *

절강성 북쪽에 있는 막간산은 주위에 큰 현들이 많고 안휘성으로 향하는 관도까지 가깝게 있어 사람들의 통행이 아주 많은 곳에 위치해 있었다.

급하게 안휘성으로 가야 하는 상인들이 지름길인 막간산을 가로질러 가는 경우가 간혹 있긴 했지만 산세가 매우 험하고 그 크기도 상당해 거의 통행이 없다고 봐야 했다.

그런데 그 막간산에 상당히 큰 장원이 매우 험한 장소에 지어졌다. 왜 그런 곳에 지었는지는 알 수 없었지만 대단히 큰 부자가 짓는 것만은 분명했다.

규모도 상당했지만 짓는 위치가 일꾼들의 통행이나 장원을 짓는 데 들어가는 자재들을 옮기기 매우 어려울 정도로 험한 곳이었기 때문이었다.

일꾼들은 그곳에서 아예 숙식을 해결하면서 일했으니 당연히 들어가는 돈은 배 이상이 들어갈 수밖에 없었다. 거기다 보통 장원을 짓는 데는 필요 없는 커다란 철판이나 매우 단단한 화강석들이 많이 반입이 되었다.

심지어 안에 무엇이 있는지 알 수 없도록 꽁꽁 싸맨 물품들도 마차로 이십 대 분량이 넘게 장원 안으로 들어갔다.

마차나 우차의 통행이 불가능한 지역이었기에 사람들이 직접 등에 매고 운반을 했는데 운반을 한 사람들이 모두 무림인이라고 했다.

건축이 끝난 후, 돌아온 일군들에 의해 퍼지기 시작한 장원에 대한 소문은 절강성에 전체에 순식간에 퍼졌다.

그런데 갑자기 호사가들 입에서 그 장원이 언급되기 시작했다. 신기한 이야기나 무림인들에 대한 이야기로 먹고사는 호사가들이 왜 장원을 언급하기 시작했을까?

그것은 그 장원에서 천의문이라는 무림 문파가 창방을 하기 때문이었다.

절강에 큰 문파가 없을 뿐이지 작은 문파들은 열 개가 넘게 난립을 하고 있으니 이름 없는 문파가 창방을 한다는 소문은 그리 대단한 화젯거리는 아니었다.

그러나 그 문파의 문주가 창룡이라는 것은 천하를 발칵 뒤집어 놓을 만한 소문이 아닐 수 없었다.

특히 절강의 백성들은 환호했다.

양민을 괴롭히는 흑도파들이 저승사자보다 더 무서워

하는 창룡이 절강성에 자리를 잡았다는 것은 양민들의 치안과 안정성이 더 높아질 것이 분명했기 때문이었다.

그런데 극비로 진행이 되던 천의문의 창방 소식이 어떻게 호사가들의 입에서 오르내릴 정도로 퍼지게 되었을까…….

* * *

"수고하셨습니다."

커다란 정청 태사의에 앉은 진무성은 그의 앞에 도열한 이십여 명의 노인들을 치하했다.

천의문의 호법인 벽력삼로와 새로 가세한 동정삼웅과 진천창로 등 장로들이었다.

"문주님께 감축드리옵니다."

치하를 받은 모두는 허리를 숙이며 커다랗게 외쳤다. 드디어 창방을 하게 된 것을 축하한 것이었다.

"해 호법께서는 제가 말한 문파에 초대장은 다 보내셨습니까?"

"문주님께서 말씀하신 날짜에 맞춰 모두 보냈습니다."

"총단에 설치된 함정과 기관에 대한 것도 문도들에게 훈련시키셨겠지요?"

"언제 어느 순간이라도 신호만 떨어지면 즉시 발동할 수 있도록 완벽하게 훈련이 되었습니다."

천의문의 총단은 진무성이 직접 설계도를 그렸다. 물론 그의 지식이 아닌 마노야의 지식이었다. 마노야는 기관과 진법에도 대단한 지식을 지니고 있었다. 특히 공격자를 죽이는 함정에 관한한 그는 치밀했고 잔인했다.

"지금부터 제가 호법님과 장로님들께 매우 중요하지만 위험한 애기를 드리려고 합니다. 그리고 이렇게까지 될 것이라고는 저도 예측을 못했지만 결과적으로 빈말을 하게 된 셈이라 사과의 의미도 있습니다."

진무성의 말에 모두의 얼굴에는 의아함과 긴장감이 동시에 떠올랐다.

진무성이 지금껏 자신들에게 빈말을 했다 생각한 적이 없기 때문이었다.

"문주님, 무슨 말을 하시려는지 모르지만 수하들에게 사과라니 어불성설입니다. 문주님께서는 오로지 명령만 내리시면 됩니다."

벽력신군의 말에 다른 사람들도 동시에 소리쳤다.

"맞습니다. 문주님께서는 명령만 내리시면 됩니다!"

"그렇게 말해 주시니 감사합니다."

진무성은 감사를 표하고는 다시 말을 이어 갔다.

"모두 대무신가에 대한 소문은 들으셨겠지요?"

"예, 순식간에 퍼져서 저희들도 안 들으려고 해야 안 들을 수가 없었습니다."

벽력신군의 답에 진무성은 고개를 끄덕이며 말을 이어 갔다.

"그럼 구마종에 대한 소문도 들으셨겠지요?"

"문주님과 연관됐다고 하여 아주 관심을 가지고 들었습니다."

벽력신장이 진무성이 무척 자랑스럽다는 듯이 말을 받았다.

"그런데 소문이 나지 않은 사건이 하나 더 있습니다."

진무성은 사망동에서 있었던 일을 자세히 설명했다. 그리고 모두가 눈이 휘둥그래지는 것을 보며 무겁게 설명을 이어 갔다.

"구마종이 전부 부활했다는 것이 사실일 것 같았습니다. 거기다 그와 같이 있던 자들의 무공이……."

진무성은 잠시 멈췄다. 여기 있는 사람들과 비교를 해야 하는 것이 좀 미안했기 때문이었다.

그러나 그들의 위험성을 알리기 위해서는 이들과 직접 비교를 하는 것이 가장 이해시키기가 쉽다는 것을 알기에 어쩔 수 없었다.

"여기 계신 분들의 무공보다 한 수 위라는 판단을 내릴 수밖에 없었습니다."

모두의 표정이 굳어졌다.

지금 이곳에는 무림 백대고수에 이름을 올린 고수만 열 명 가까이 됐다.

백대고수에 이름을 올리지 못한 다른 사람들도 모두 초절정 고수 소리를 듣기에 충분한 무공을 지니고 있었다.

그런데 구마종을 보필하기 위해 따라 나온 자들의 무공이 그들을 능가한다면 대무신가가 얼마나 많은 고수를 보유하고 있는지를 보여 주는 방증이었다.

"그들이 대무신가에서 특별히 강한 자들일 수도 있지 않겠습니까?"

농정어옹의 반문에 진무성은 안타깝다는 표정으로 받았다.

"장로님 말씀대로 그랬다면 얼마나 마음이 편하겠습니까? 하지만 대무신가와 싸울 때마다 만난 자들의 무공은 대단히 강했습니다. 그리고 다시 만날 때마다 더 강력한 전력을 이끌고 나타났습니다. 아마도 제 이름으로 창방을 하면 곧 그들이 총단을 공격할 것이 명약관화합니다."

"적들이 아무리 강하다 해도 저희들은 두렵지 않습니다. 그놈들이 이곳을 친다면 이곳이 바로 그놈들의 무덤이 될 것입니다."

 복마철장 대태형의 말에 등운객 반천수도 동감한다는 듯 말을 받았다.

 "맞습니다. 저희가 목숨을 바쳐 총단은 수호할 것입니다."

 "바로 그래서 제가 사과한다고 한 것입니다. 제가 호법님과 장로님들을 천의문에 끌어들일 때는 이렇게 위험해질 것이라고는 생각지 못했습니다. 전 여기 계신 분들은 물론 밖에 있는 문도들 역시 허망하게 잃고 싶지 않습니다."

 대부분 강호 경험이 삼십 년이 넘는 백전노장들이었다. 세상이 얼마나 이기적인 곳인지 그들은 잘 알고 있었다.

 특히 무림은 잔인할 정도로 냉정한 세계라는 것을 뼈저리게 통감하고 있는 그들에게 문파의 제자들이 다칠 것을 걱정하고 미안해하는 수장이 있다는 것은 모두에게 잔잔한 감동을 주기에 충분했다.

 "문주님, 저희는 무림인입니다. 죽음을 두려워하고 다치는 것을 피하고 싶었다면 무림인으로 자처해서는 안 된다고 봅니다. 저희가 금분세수할 나이에 문주님을 따르기로 결정한 것은 마지막으로 세상을 위해 뭔가를 해 보겠다는 소신 때문입니다. 그런데 문주님께서 저희에게 미안해 하신다면 저희의 사기를 꺾는 일이라고 생각합니다. 그러니 그런 말은 하지 말아 주십시오."

"맞습니다. 천의문도가 아니었다 해도 마교라면 싸웠을 것입니다. 저희 천의문의 문도들은 모두 문주님을 위해 그리고 천하를 위해 기꺼이 목숨을 바칠 각오가 되어 있습니다."

비분강개(悲憤慷慨)한 목소리로 벽력신장 해종열과 천뢰신검 오수광이 외치자 모두는 그 자리에 무릎을 꿇으며 합창하듯 소리쳤다.

"저희는 문주님을 목숨을 다해 보필하여 대무신가를 세상에서 소멸시킬 것입니다!"

"여러분들이 이렇게 말씀을 해 주시니 정말 감사합니다. 그러나 제 앞에서 무릎을 꿇고 하는 행동은 지양해 주십시오. 저와 여러분은 군신지간이 아닙니다."

순간 무릎을 꿇고 있던 모두의 눈이 경악으로 커졌다. 이십 명이 넘는 초절정 고수들의 무릎이 동시에 펴지기 시작했기 때문이었다.

진무성의 무공이 얼마나 높은지는 이미 알고 있던 그들이었다. 하지만 이 많은 사람을 동시에 오직 내공만 이용해 몸을 일으킨다는 것은 인간의 내공이라고는 도저히 상상할 수 없었다.

경악한 모두의 얼굴은 곧 희열로 변했다.

자신들이 천하제일의 고수를 수장으로 모시고 있다는 자부심이 뿜어져 나오고 있었다.

* * *

또다시 대형 태풍이 무림을 강타했다.

창룡의 창방 소식이었다.

정파와 사파와 같은 무림 세력은 물론 관과 양민들까지 궁금해하던 창룡이 자신의 문파를 세운다는 말에 천하는 드디어 창룡의 정체가 밝혀진다는 기대감으로 어디를 가나 화제였다.

열 개가 넘는 정파의 멸문이라는 충격파를 한 개인이 문파를 만든다는 소식으로 덮어 버렸다는 것은 지금 천하인들에게 창룡의 무게가 얼마나 무거운 것인지를 보여 주는 것이기도 했다.

개방 정보 조직을 맡고 있는 구룡신개의 보고를 받던 개방의 방주인 천중신개와 수석 장로인 천원신개의 얼굴은 걱정으로 근심이 가득했다.

"구룡 장로, 창룡 대협이 왜 하필 이 시점에 문파를 만들었는지 알아낸 것이 전혀 없단 말인가?"

"죄송합니다. 분명한 것은 창룡 대협이 하는 일들이 우발적이거나 우연히 진행된 것은 아니라는 사실입니다."

"무슨 의미인가?"

"천외천궁과 검각이 창룡 대협과 은밀한 만남을 계속하고 있다는 보고를 기억하십니까?"

"그런 중요한 일을 어찌 잊겠느냐?"

"근래 들어온 첩보에 따르면 만남 정도가 아니라 본 방과 창룡 대협이 맺은 약조 이상의 관계가 된 것은 아닌가 싶습니다."

"첩보라면 소문 수준이라는 말인데, 증거도 없이 그런 말을 함부로 입에 담는 것은 문제가 될 수 있다."

"첩보지만 믿을 수 있는 사람에게서 나온 말입니다. 독행개도 비슷한 보고를 한 적이 있는데, 심지어 단목 공자까지 창룡 대협과 상당히 깊은 만남을 가지고 있는 것 같다고 했습니다."

"맹주님까지 알고 있다는 말이 아닌가?"

단목환과 하후광적의 관계로 보았을 때, 단목환이 독단적으로 창룡과 친분을 갖는 것은 어려웠다.

"아직 거기까지는 확신을 할 수는 없습니다. 하지만 창룡 대협에 대한 악소문이 퍼지고 무림맹 내에서도 공적

얘기까지 나왔을 때 맹주단에서 단칼에 논란을 막아버렸습니다. 몰론 당시 본 방에서도 악소문을 막기 위해 노력을 했지만 맹주단의 결정은 매우 이례적인 일이었습니다."

"단목 공자의 의견이 주효했다는 말이구나?"

"저는 그렇게 판단했습니다."

"그럼 문파를 갑자기 세우는 것도 이유가 있다는 말이구나?"

"제가 오는 도중에 몇몇 문파에 넌지시 알아보았습니다. 그런데 초대장을 받지 못한 문파들이 많았습니다. 심지어 소림파와 무당파조차 받지 못했다고 합니다."

"정말이냐?"

천중신개의 얼굴이 굳어졌다.

무림맹의 중추 역할을 하는 두 문파는 개방과는 구파일방으로 불리는 전통적인 혈맹 관계였다.

실지로 정파에서는 소림과 무당에게 태산북두라는 칭호를 공공연히 할 정도로 정파의 구심점인데 그 두 문파에 초대장을 보내지 않았다는 것은 시사하는 바가 분명 있을 것이기 때문이었다.

"그렇다면 본 방만 참석하는 것도 문제가 되지 않겠습니까?"

천원신개도 곤혹스러운 표정을 지으며 물었다. 그의 말대로 소림파와 무당파가 초대를 받지 못했는데 개방만 초대장을 받아 참석한다는 것은 오랜 우방인 그들에게는 서운한 감정을 줄 수 있었다.

"화산파도 초대장을 못 받았을 확률이 크겠구나?"

"거기는 알아보지 못했습니다. 하지만 못 받았을 확률이 다분합니다."

"왜지?"

천중신개는 의아하다는 듯 고개를 갸웃했다. 정파가 창방을 할 경우, 문파의 크기와는 상관없이 소림과 무당 그리고 화산파 세 곳에는 무조건 초대장을 보내는 것이 관례이다시피 했다.

물론 이름도 없는 문파에서 초대장을 보낸다고 참석할 그들이 아니었다. 하지만 아예 안 보내는 것은 차원이 다른 문제였다.

"아무래도 혈맹을 맺은 문파만 초대를 한 것이 아닐까 싶습니다."

"굳이 그럴 필요가 있을까?"

"저는 그렇게 한 데에도 분명 이유가 있을 것이라 생각합니다."

잠시 고심하던 천중신개는 결정을 한 듯 말했다.

"구룡 장로."

"예!"

"구파를 비롯 본 방과 친분이 있는 모든 문파에 천의문이 창방을 하는데 같이 가자는 공문을 보내라."

"예? 그게 무슨……."

"본 방이 초대장을 받은 것은 숨긴다. 대신 다 같이 가는 모양새를 취한다는 말이다."

창룡의 초대장을 못 받은 대신 개방의 초대를 받아 가는 형식을 취하자는 것이었다.

"그렇게 되면 참석자의 격이 좀 떨어질 것입니다."

"그러라고 그런 것 같다. 초대장에 굳이 방주님은 오시지 말라는 말을 넣어 놓았다. 그런 말은 혈맹을 맺은 본 방에게는 할 수 있지만 모르는 문파에게 그런 말을 하는 것은 매우 큰 결례다."

"그렇긴 합니다."

"창룡 대협이 안면을 트지도 않은 문파에 초대장을 보냈다면 모든 문파는 고민에 빠질 것이다. 작은 문파에 장문인이 직접 참석하는 것도 모습이 이상하지만 다른 사람을 보내는 것도 지금 창룡 대협의 명성을 고려한다면 무시한다는 느낌을 줄 수도 있다. 어쩌면 그런 것까지 모두 고려한 것일지도 모른다는 생각이 든다."

구룡신개와 천원신개는 감탄한 듯 답했다.

"방주님의 혜안이 맞을 것 같습니다."

"곧 각 문파에 연락을 취하겠습니다."

진무성이 초대장을 최대한 줄인 것은 사실 창방식에 대무신가에서 공격을 할지도 모른다는 걱정 때문이었다.

하지만 천중신개가 추측도 같은 맥락이라고 볼 수 있으니 틀렸다고 할 수는 없었다.

* * *

"창귀가 창방을 한다고?"

창룡의 창방 소식을 보고받은 사공무경의 검미가 좁아졌다.

"예, 절강성의 막간산에 총단을 지었다고 합니다."

"정말 어이없는 놈이군. 어느 정도 숨어서 관망을 할 거라고 생각해서 찾는 것이 쉽지 않을 지도 모른다고 생각했거늘 오히려 자신이 있는 곳을 천하에 천명한단 말이지?"

"보고에 따르면 진짜 천혜의 요새 같은 곳에 총단을 지었다고 하니, 공격을 해 오라고 광고를 하는 것이 아닌가 싶습니다."

"네 말이 맞다. 그놈이 지금 나를 도발하고 있다."

"그놈을 당장이라도 쫓아가서 잡아 오라고 할까요?"

"이미 여러 차례 당해 놓고도 아직 그놈에 대해 모르는 거냐? 아니면 생각이 없는 거냐?"

사공무경의 질책에 사공무일은 고개를 조아렸다.

"죄송합니다. 제가 생각이 짧았던 것 같습니다."

"그놈이 그런 총단을 세웠고 파멸계가 시작된 지금 갑자기 창방 계획까지 천하에 알렸다면 우리의 예상보다 우리에 대해 많이 알고 있을지도 모른다."

말을 마친 사공무경은 고심하듯 생각에 잠겼다.

분명 총단을 공격하는 것은 함정에 들어가는 것이나 마찬가지라는 것을 짐작하면서도 그대로 창방식을 두고 보는 것은 그의 자존심이 허락지 않았다.

'허허허, 내 평생 나의 호승심을 자극하는 놈이 나타날 줄은 몰랐구나…….'

천하를 오시하고 언제라도 세상을 혈세할 수 있다고 자신했다. 이미 오래전에 천하의 패권을 장악할 수 있음에도 그는 완벽한 때를 기다렸다. 그것은 그에게 천하 패권을 잡는 것은 일종의 재미였기 때문이었다.

세상이 자신의 뜻대로 움직이는 것을 보는 것도 즐거웠고 스스로 최고라고 자부하는 놈들을 가장 자신만만할 때 찾아가 굴복시키는 것도 그에게는 기쁨이었다.

그러나 호승심을 자극하는 자는 한 번도 나타난 적이 없었다.

"그래, 이렇게 승부욕을 돋게 하는 놈이라면 그만한 대접을 해 줘야겠지. 독마종과 철마종을 들라 해라."

"예!"

사공무경은 이제 분노보다 지금 상황을 즐기기로 작정한 듯했다.

8장

 매우 밝고 깨끗한 정청.
 수십 명의 여인이 도열해 있는 중앙을 한 여인이 걷고 있었다.
 중앙 끝에 자리한 곳에 나이를 짐작하기 어려운 수려한 외모의 중년 여인이 앉아 있었다.
 중앙을 걸어온 여인은 예를 취하며 입을 열었다.
 "검주 곽청비 검후님께 인사드립니다."
 젊을 적 대단한 미인이었을 것으로 보이는 중년 여인은 놀랍게도 검후 화운정이었다.
 그녀가 처음으로 무명(武名)을 떨친 것이 이미 일갑자 전이니 그녀의 나이는 최소한 산수(傘壽)가 넘었을 터인데, 중년으로 보인다는 것은 그녀의 내공이 얼마나 심후한지를 보여 주는 방증이었다.

"어서 오너라. 첫 강호행이 힘들지는 않았느냐?"

"여러 사건이 있었지만 힘들지는 않았습니다."

"아직 돌아올 시간이 안 됐는데 갑자기 돌아온 것은 네가 결정하기에 어려운 일이 있음이 분명하겠구나?"

"예, 검후님께 최고 간부진만 남기고 다른 분들은 자리에서 물려주시기를 청합니다."

검후 화운정은 자애로운 표정으로 잠시 그녀를 주시하더니 모두에게 물러가라는 듯 손짓을 했다.

그러자 두 명의 호법과 네 명의 장로 그리고 검화 고경화만이 남았다. 아직 악양에 남아 있는 검녀 곡수연만 빠진 검각의 최고 수뇌부가 모두 남은 것이다.

그러자 바닥에서 커다란 탁자 하나가 올라왔다.

모두 열 개의 의자가 놓여 있었다.

말을 마친 검후는 자신의 자리에서 내려와 열 개의 의자 중 제일 상석에 놓인 의자에 앉으며 모두에게 말했다.

"모두 앉아라."

모두 자리에 앉자 검후가 곽청비를 보며 말했다.

"네 덕에 오랜만에 최고 간부 회의가 열리는구나. 그래 말해 보아라."

"제가 강호에 나간 후, 일어난 여러 사건에 대해서는 이미 보고를 받으셨을 것입니다."

"수연이가 거의 매일 보고를 착실히 해서 잘 알고 있다. 보고의 대부분이 창룡과 대무신가에 관한 것이더구나."

그녀는 재미있다는 듯 얼굴에 미소를 지으며 말을 이었다.

"너와 사이가 나쁜 령하에 대한 보고도 있던데, 요즘 많이 사이가 좋아졌다고 하더구나."

"……그런 것까지 보고를 했습니까?"

"수연이는 네가 령하랑 친해지는 것이 매우 중요한 정보라고 판단한 모양이더구나. 그래, 말해 보거라."

"그게……."

"청비 네가 신중한 것을 보니 대무신가가 마교라는 소문이 진짜인 모양이구나?"

직선적이고 자신이 할 말은 거침없이 하는 곽청비의 머뭇거리는 모습에 모두의 표정이 살짝 심각해지기 시작했다.

"우선, 창룡이라 불리는 진무성이란 사람에 대해 말씀을 드리겠습니다."

순간 모두의 눈에 이채가 나타났다.

"창룡의 정체를 알아낸 것이냐?"

"예, 알아냈습니다."
"그럼 오기 전에 보고를 먼저 해야 하는 것이 아니더냐?"
"그 사람과 비밀을 지키겠다고 약조를 했었습니다."
"그 사람?"

검후의 눈에 의아함이 나타났다. 곽청비가 말하는 그 사람이란 단어에서 미묘함을 느꼈기 때문이었다.

"진 대협은……."

곽청비는 슬쩍 호칭을 바꾸며 현 무림 상황에 대해 보고를 하기 시작했다. 그리고 그녀의 말을 듣는 모두의 표정이 굳어지기 시작했다.

검후가 분위기를 편하게 하기 위해 가볍게 대화를 시작했지만 이미 지금까지 받은 보고만으로도 천하의 상황이 심각함은 감지하고 있었다.

그러나 사망동에서 벌어진 전투에 관한 것은 오늘 처음 듣는 것이었다.

"궁마종이 분명하더냐?"
"본 각에 비치된 구마종에 대해 서술해 놓은 책에서 본 궁마종의 궁술과 거의 비슷했습니다. 게다가 죽검파파가 몸에서 발견된 독의 효과도 일치했습니다. 궁마종이 분명하다고 판단했습니다."

"너와 령하가 함께 상대하기 버거웠단 말이지?"

"수연이가 보고를 했던 본 각의 안가를 공격했던 자는 저와 백리 공주, 단목 공자 그리고 수연이까지 합공을 했음에도 버티다가 도망을 갔습니다. 단독으로 싸웠다면 제가 이십 초를 견딜 수 있을까 하는 생각이 들 정도로 강했습니다. 진 대협의 말에 의하면 그가 장마종이라고 했습니다."

"장마종은 어떻게 됐느냐?"

"진 대협께서 죽였다고 했습니다. 사실 처음에는 그 말에 의구심을 품었습니다. 하지만 궁마종과 싸우는 것을 보며 사실이라는 것을 믿게 됐습니다."

검후의 표정이 대화를 시작할 때와는 달리 매우 심각하게 굳어졌다. 구마종을 너끈히 상대할 수 있는 정파의 고수의 등장은 분명 희소식이었다.

문제는 진무성이라는 자의 정체가 아직 분명하지 않다는 점이었다.

"청비야."

"예."

"지금 너를 보니 진무성을 믿는 것 같은데? 그의 어떤 면이 너를 믿게 했느냐?"

검후의 질문에 곽청비는 즉답을 하지 못했다. 그녀 역

시 언제부터 왜 진무성을 믿게 되었는지 알지 못했기 때문이었다.

"……그와 계속 만나면서 조금씩 신뢰가 형성되었다고 생각합니다."

"겨우 이 년 동안 그의 손에 죽은 자들의 수가, 검각에서 파악한 것만도 오백 명이 넘는다. 무도하기로 이름난 마도인이나 사파인이 평생 죽인 수보다 그가 강호에 나타난 후 죽인 자들의 수가 많다."

"저도 그래서 갈등을 많이 했습니다. 그는 스스로 정파라고 지칭을 하지 않는다고 했습니다. 그러면서 정파에서 정파라는 이름 때문에 하지 못 하는 일을 자신은 할 수 있다고도 했습니다."

"지금까지 벌인 살인을 계속 이어 가겠다는 의미가 아니냐?"

"저도 그렇게 판단했습니다."

"그런데도 그를 믿느냐?"

"지금 그를 믿지 않는다면 대무신가를 막을 방법이 전무합니다."

"청비야, 마교는 아주 교활한 수법을 사용한다. 심지어 정파인으로 분해 평생을 속이다가 결정적인 순간에 배신하기도 한다. 진무성에 대해서 아는 사람이 무림에 거의 없다는 것에 대해 의아하다는 생각이 들지 않느냐?"

그녀의 말은 여러 가지가 복합된 의심이었다. 그러나 가장 그녀가 우려하는 것은 진무성의 무공이었다.

무공의 근본을 모른다는 것은 매우 의심스러운 일이 아닐 수 없었다.

"그와 혈맹을 맺은 문파가 남궁세가를 비롯……."

곽청비는 진무성과 혈맹을 맺은 문파들을 나열하고는 자신의 생각을 첨언했다.

"저는 그와 혈맹을 맺은 문파들이 왜 그랬을까를 생각해 보았습니다. 그리고 그들에게도 그게 최선이라고 판단했기 때문이라는 결론을 얻었습니다."

검후는 다른 간부들을 쳐다보며 물었다.

"의견을 말하는 사람이 한 명도 없다니 신기하구나?"

본디 최고 간부 회의가 열리면 모두 자신의 의견을 자유롭게 개진했었다. 그래서 회의가 설왕설래하기 마련이었다. 그런데 지금은 입을 여는 사람이 아무도 없었다.

"……."

하지만 여전히 아무도 입을 열지 않자 검후는 곽청비를 보며 물었다.

"지금 얘기가 매우 중요하기는 하지만 굳이 귀환까지 할 사안은 아니라고 보는데 직접 온 이유가 있느냐?"

"그게……."

곽청비는 잠시 머뭇거리더니 비장한 표정으로 말을 이어 갔다.

"제 판단만으로 결정하기에는 너무 중차대한 사안인지라 검후님의 허락을 구하기 위해 왔습니다."

"너는 검주의 신분으로 모든 결정을 네 스스로 내릴 수 있다. 도대체 어떤 일이기에 그러는지 궁금하구나?"

"진 대협이 곧 창방을 할 것입니다."

"창방? 그에게 세력이 있었느냐?"

"예, 비밀리에 계속 준비를 해 왔던 것 같습니다."

"어디에 문파를 세운다고 하더냐?"

"절강 막간산입니다."

"절강이라고?"

모두의 얼굴에 놀람이 나타났다. 검각이 있는 곳이 바로 절강에 위치한 보타산이기 때문이었다.

"굳이 절강을 택한 이유에 대해 아느냐?"

"절강에 큰 정파가 없다는 것이 결정의 요인이라고 했습니다."

"그래서?"

"그가 저와 백리 공주에게 연맹을 제안해 왔습니다."

"연맹을 제안해?"

"대무신가를 지금처럼 혼자 상대하기에는 힘이 부친다고 느낀 것 같습니다."

"그럼 무림맹에 가입을 하면 되지 어찌 새로이 맹을 만든다는 것이냐? 그것은 정파의 분열을 의미한다는 것을 모르느냐?"

"그는 무림맹의 규율을 따르지 않기 위해 따로 독자적인 세력이 필요하다고 했습니다."

"규율? 한마디로 제어 받지 않고 힘을 마음대로 사용하겠다는 것 아니냐?"

"그 사람 말을 그대로 옮긴다면 마교는 같은 방식으로 싸우지 않고는 상대하기 어렵다는 것이었습니다. 정파의 방식은 마교에게 이용만 당할 뿐이고 그들에게 모든 수를 읽힐 수밖에 없다고도 했습니다."

"흠……? 너는 어떻게 하고 싶으냐?"

"검각과 천외천궁 그리고 그가 세운다는 천의문이 맹을 맺어 세력화한다면 마교에게 아주 강력한 위협이 될 수 있다고 생각합니다."

검후의 입이 닫혔다.

당장 결정하기에는 걸리는 것이 너무 많았다. 특히 무림맹과의 관계가 가장 큰 걸림돌이었다.

곽청비는 검후가 즉각적으로 반대 의사를 밝히지 않은

것이 매우 고무적이라고 판단한 듯 부언했다.

"백리 공주가 천외천궁을 반드시 설득하겠다고 했습니다. 그리고 단목 공자 역시 무림맹주님을 설득해 줄 것입니다."

"단목환도 이 사실을 알고 있다는 것이냐?"

"연맹을 맺는 것까지는 아직 모를 것입니다. 하지만 안다 해도 분명 저희의 뜻을 존중해 줄 것이라고 봅니다."

검후는 고개를 끄덕이더니 다시 간부들을 보며 물었다.

"이제 너희들도 의견을 말해 보거라."

하지만 너무 중대한 사안이라고 판단한 듯 여전히 아무도 입을 열지 않았다.

무거운 정적만이 정청 안을 맴돌고 있었다.

* * *

설화영을 안고 막간산 정상에 도착한 진무성은 커다란 바위 위에 같이 누웠다.

"여기서 보니까 별들이 더 잘 보이네요."

진무성의 팔을 베개 삼아 누운 그녀는 딱딱한 바위 위에 누웠음에도 하늘의 구름 위에라도 누운 듯 포근함에 놀랐다.

온 사방이 어두운 오밤중에 도착한 아무도 없는 험준한 산의 정상.

맹수가 나타날 수도 있었고 심약한 사람은 귀신 걱정을 할 수도 있는 장소였다.

그런데 단지 옆에 사랑하는 사람이 있다는 것이 이렇게 마음을 편하게 해 준다는 것이 정말 놀라울 따름이었다.

맑은 밤하늘은 달까지 없어 별들이 더욱 반짝거렸다.

잠시 말없이 하늘을 보던 둘의 침묵을 먼저 깬 것은 설화영이었다.

"상공께서도 혈겁의 기가 더욱 촘촘해지고 넓어진 것이 보이시지요?"

"보여. 하지만 해석이 잘 안 돼."

"어떤 해석이요?"

"어느 지역에서 얼마나 큰 혈겁이 일어날 것인지, 그리고 혈겁을 일으키는 자들이 누구인지? 그런 것은 전혀 안 보여."

"천기를 지식만으로 정확하게 읽을 수는 없어요. 천하에 모르는 것이 없을 정도로 정보를 많이 아셔야 합니다. 천기에 나타난 혈겁의 조짐을 보고 가지고 있는 정보를 바탕으로 누가 혈겁을 일으키겠구나 짐작을 하는 것이지요. 지금은 대무신가가 가장 유력하니까 그렇게 해석을 하는 것이지요."

"그럼 틀릴 수도 있지 않겠어?"

"당연히 많이 틀립니다. 그래서 전 천기는 전체적인 상황을 파악하는 데만 보충적으로 이용하고 복술을 더 많이 믿습니다."

"복술은 난 전혀 안 되던데?"

"무당과 복술가를 전문적으로 양성해 온 현무신궁에서도 진정한 예지력을 가진 복술가는 백 년에 한 명 나올까 말까 했다고 합니다. 대무신가에서 저를 그토록 추적을 한 것도 제가 미약하나마 예지력을 가지고 있다고 판단해서일 것입니다."

"영 매의 말대로라면 대무신가의 가주는 무공도 높고 수하도 많고 게다가 예지력까지 지녔다는 말이 되겠네?"

"그자 역시 상공과 마찬가지로 천기에 보였다 안 보였다 합니다. 그리고 제가 가진 예지력은 저 개인적인 보호에는 잘 보이곤 하지만 천하 전체를 꿰뚫어보지는 못합니다. 제 짐작으로는 대무신가의 가주의 예지력은 저와는 비교가 되지 않을 정도로 매우 높을 것으로 보입니다."

"대무신가의 수하들의 가주에 대한 충성심이 거의 종교 수준이더라. 그냥 신으로 여기는 것 같았어."

"그러나 그자에게도 약점이 나타났어요. 그는 분명 상

공에 대해서는 천기를 읽지도 예지도 못 하는 것이 분명해요."

"나도 그렇게 느꼈어. 왜 나만 그럴까?"

"솔직히 저도 상공에 대해서는 예지가 전혀 안 돼요. 심지어 관상도 맞지 않고 천기에도 상공의 별은 매번 달라요. 그래서 왜 그럴까 고민을 해 봤는데 한 가지 이유밖에 생각해 내지 못했어요."

"이유가 뭐야?"

진무성은 무척 흥미로운지 그녀를 보며 반문했다.

설화영은 진무성의 아이가 궁금한 것을 발견했을 때 같은 눈빛을 보이자, 같이 아이 같은 미소를 보이며 말했다.

"저도 확실한 것이 아니라 그냥 짐작이에요. 그러니까 틀릴 수도 있습니다."

"맞아도 맞았는지 아니면 틀려도 틀렸는지 우리가 당장 알 방법이 없잖아? 그러니까 말해 봐."

"기억 나실지 모르겠지만 얼마 전, 상공의 것으로 보이던 별이 갑자기 특이한 현상을 보였던 적이 있습니다."

"영 매가 말했던 것 같다. 하지만 내 별인지 아닌지도 확실하지 않다고 했잖아?"

"그땐 그랬어요. 그런데 그 별이 상공의 것이 분명했던 것 같아요. 그 이후 모습을 감췄었거든요. 그러다 한 달쯤 지나 다시 별이 나타났는데 그때 역시 특이한 현상이 나타났었어요."

"그래…… 영 매가 내게 주었던 책자에서 별이 보인 징조와 내게 변화가 일어났던 날이 많이 겹쳤던 것이 기억나네."

"그때 제가 본 것은 천살성이 보이는 혈광과 천강성이 보이는 금광이 한 별에서 계속 왔다 갔다 하며 나타난 것이었어요. 처음에는 제가 잘못 본 줄 알고 그냥 넘어갔습니다."

천살성과 천강성은 그 차이가 너무 커서 한 사람의 몸에서 같이 나타날 수가 없었다. 그런데 꽤 시간이 지나고 다시 모습을 드러낸 진무성의 별은 또다시 혈광과 금광을 번갈아 뿜어냈다. 심지어 빛의 강도가 더 선명해지고 강해졌었다.

"그런데 아니었다는 거야?"

"예, 똑같은 현상을 또 봤으니까요."

"그런데 왜 내게 말을 안 했어?"

"사실 상공께 말씀드리는 것이 좀 꺼려졌었습니다."

말하는 것이 꺼려졌다는 말에 의아한 듯 그녀를 보던 진무성의 눈에 이채가 나타났다.

"설마…… 마노야?"

"예, 상공의 몸 안에 천살성과 천강성이 같이 있다는 것이지요. 대무신가의 가주가 상공에 대해 예지를 못 하는 것도 한 사람의 몸에 두 명이 존재하고 있으니 예지를 한다 해도 모든 것이 뒤죽박죽되어 유의미한 해석이 불가능했을 것입니다."

"마노야가 내 몸에 있는 것이 오히려 내게는 아주 유리하게 작용하고 있었다는 거네?"

"그렇다고 보이네요. 제가 보기에 상공은 최악의 악연까지도 본인에게 이로운 쪽으로 만드는 천연의 능력이 있으신 것 같습니다."

순간 진무성의 표정이 살짝 굳었다.

그는 미노야의 기억은 남아 계속 그에게 지시익 보고가 되어 주고 있었지만 그 실체는 완전히 사라졌다고 생각하고 있었다.

하지만 설화영의 말이 사실이라면 여전히 마노야가 그의 몸 안에서 존재하고 있을지도 모른다는 생각이 들었던 것이다.

"마노야가 여전히 내 몸에 있다면 천연이라고 하기는 어렵지. 솔직히 내게 천연은 영 매를 만난 것밖에 없는 것 같아."

"소첩도 그렇게 생각합니다. 천연이란 것이 하늘이 맺

어 주는 것이라고 한다면 상공이야말로 제게는 하늘입니다."

진무성은 별이 반짝거리는 설화영의 눈을 바라보더니 그녀를 품에 꼭 껴안았다.

'그래! 영 매는 나에게는 하늘이 준 선물이야. 반드시 당신은 내가 보호할 거야.'

그에게 대무신가를 없애야 할 힘과 동기 부여를 확실하게 주는 원천은 설화영이 분명했다.

* * *

중원 곳곳에서 무림인들이 절강으로 이동하기 시작했다.

제황병의 등장으로 대무신가를 찾기 위해 수많은 무림인과 낭인들이 호남으로 이동한 이후 처음 보인 최대의 이동이었다.

천의문이라는 문파의 창방식 때문이었다. 천의문에서 공표한 바에 따르면 총단에 들어갈 수 있는 사람의 수는 최대 삼백 명이었다.

심지어 이름난 문파의 손님들을 제외한다면 들어갈 수 있는 사람의 수는 더 적어질 수밖에 없었다.

그럼에도 이렇게 많은 무림인들이 절강으로 이동하는 것은 천의문에서 그날 새로운 문도를 뽑는 비무 대회를 연다고 공표를 했기 때문이었다.

 그렇다 해도 문주가 창룡이라는 새로운 영웅이 아니었다면 있을 수 없는 현상이었다.

 "삼 숙부, 천의문에서 공표를 한 것이 일주일 전인데 벌써 이렇게 많은 무림인들이 몰리다니 정말 대단하지 않습니까?"

 항주의 한 주루 이 층에서 밖을 보던 황보세가의 소가주 황보산경은 놀랍다는 듯 같이 온 장로 황보강석에게 말했다.

 "막긴신에 기면 아마도 여기보다 두 배는 더 많을 게다."

 "이름을 알리기 시작한 지 겨우 이 년 남짓 만에 이렇게 명성이 높아진 사람이 있긴 있을까요?"

 "다른 분들과 함부로 비교하는 것은 그렇지만 내가 알기로는 한 손으로 꼽을 만할 게다."

 그때, 계단으로 한 명의 무림인이 올라왔다.

 "황보 대협께서 먼저 오셨군요. 제가 좀 늦었습니다."

 올라온 사람은 남궁세가의 남궁백준 장로와 남궁의영 소가주였다. 나머지 한 명은 호위인 듯 포권만 하고는 다시 아래로 내려갔다.

"아, 아닙니다. 저희도 방금 왔습니다."

황보강석은 급히 자리에서 일어나며 맞권을 했다.

남궁의영과 황보산경 역시 안면이 있는지 반갑게 포권을 했다.

"남궁 형, 오랜만입니다."

"그러게 말입니다. 무림맹에서 뵌 것이 벌써 일 년 전이군요. 그동안 잘 계셨습니까?"

남궁세가와 황보세가는 같은 오대세가 중에서는 가장 사이가 좋았다. 이번 창방식에 초대장을 받지 못한 황보세가에서는 남궁세가에 연락해 어찌할 것이지 의견을 물어 왔다.

남궁세가는 장로와 소가주를 보낼 계획이라고 넌지시 알렸다. 황보세가 역시 장로와 소가주 정도 보내는 것이 좋겠다는 은근한 의견을 보낸 것이다.

그리고 둘은 이곳 남창에서 만나기로 약속을 정했다.

서로 간에 덕담 비슷한 인사가 오가고 난 후, 황보강석이 조심스럽게 물었다.

"무림에 지금 초대장에 관한 소문이 퍼지고 있습니다. 그게 사실입니까?"

천의문이 창방을 하면서 소수의 문파에게만 초대장을 보냈다는 소문이 퍼지면서 여러 가지의 말들을 만들어

내고 있었다.

구체적인 문파의 이름까지 거론될 정도였다. 누군가 의도적으로 소문을 내고 있는 것은 아닐까 의심이 들 정도였다.

남궁백준 역시 그런 질문을 받을 것을 이미 짐작하고 있었던 듯 고개를 끄덕이며 답을 했다.

"남궁 세가에서 천의문에게 초대장을 받은 것은 맞습니다."

"창룡 대협이 정파 간에 차별을 하는 것입니까?"

"차별한다면 소림파나 무당에게도 초대장을 안 보낸 것이 말이 안 되지요. 제가 알기로 창룡 대협은 안면을 튼 문파에게만 초대장을 보냈다고 하더군요."

"창룡 대협의 정체에 대해 그동안 정파에서 다각도로 알아내기 위해 전력을 다하지 않았습니까? 설마 남궁세가에서 창룡 대협의 정체를 이미 알고 계셨던 것입니까?"

지금 소문을 들은 정파에서 가장 화두가 되고 있는 것이 바로 이것이었다.

이름이 거론되는 문파들이 대부분 무림맹에 소속된 문파라는 것도 문제였다.

그러나 황보세가의 질문은 남궁세가를 질책하기 위함이 아니었다.

며칠 전 또다시 무림이 발칵 뒤집히는 사건이 벌어졌다. 정파가 멸문하는 혈겁이 또 일어났기 때문이었다.

문제는 이번에 당한 문파였다.

황산파는 속칭 구파일방에는 들어가지 못했지만 누구나 인정하는 정파의 유서 깊은 대문파였다.

제자 수만도 삼백이 넘는 황산파가 하루 만에 멸문을 한 이 사건은 전에 십여 개의 문파의 멸문보다 더 큰 충격을 주기에 충분했다.

그리고 범인으로 지목된 대무신가가 진짜 마교의 도래라는 소문이 퍼지면서 대무신가를 계속 제거해 온 창룡과의 친분이 정파에게는 매우 중요하게 작동하기 시작한 것이었다.

물론 그 때문에 대무신가의 공격을 받을 위험도 증가할 수 있었지만 언제라도 도움을 청할 수 있는 절대 고수가 있다는 것은 힘이 될 수밖에 없었다.

"창룡 대협께서 본가를 직접 찾아오셨습니다. 저희들로서는 정말 뜻밖이었습니다. 거기다 찾아온 이유는 대무신가를 상대하기 위해서라고 했습니다."

"창룡 대협은 대무신가의 정체를 이미 알고 있었다는 것입니까?"

황보강석은 놀란 표정으로 반문했다.

"그것까지는 저도 모르겠습니다. 하지만 대무신가가 정파에 크나큰 위협이 될 조직이라는 것은 분명 알고 있었습니다."

"정말 놀랍군요? 무림맹에서도 알아내지 못한 대무신가의 정체를 일개인이 먼저 알아냈다니 말입니다."

"창룡 대협께서는 모든 정파에게 대무신가의 위험을 알리고 싶다고 하셨습니다. 그러나 그가 갈 수 있는 장소가 한정되어 있다고 하셨지요. 황보세가에도 시간만 되었다면 분명 들렀을 것입니다."

남궁백준의 말이 위로가 되었는지 황보강석은 조심스럽게 다시 물었다.

"창룡 대협과 친분을 가질 수 있도록 남궁세가에서 도움을 주실 수 있겠지요?"

"물론입니다. 천의문에 도착하는 즉시 황보세가와 창룡 대협 간에 만남을 주선하겠습니다."

"그렇게 말씀해 주시니 고마울 따름입니다."

"본 가와 황보세가 간의 우정을 생각한다면 당연한 일입니다."

무림 오대세가 중의 한 곳인 황보세가가 오히려 친분을 가지고 싶어 안달 나게 하는 상황은 천하의 누구도 상상해 본 적이 없었던 현상이었다.

이 역시 초대장을 선별적으로 보낸 진무성의 의도였을까……?

매우 위험하고 비열한 갈라치기 수법은 잘못하면 악영향을 일으킬 수도 있지만 잘 되면 그 효과가 아주 강력한 마교가 가장 선호하는 수법 중 하나였다.

그것을 진무성은 끌어들이는 수법으로 사용한 것이었다. 그리고 놀랍게도 그 수법이 먹히고 있었다.

창룡의 명성이 모든 것을 덮을 정도로 높지 않았다면 있을 수 없는 일이었지만 마교 제일의 사악한 두뇌인 마노야는 이미 그것까지 예상한 듯했다.

그리고 그렇게 창룡과 친분을 갖기 위해 많은 문파들이 스스로 절강으로 몰려들고 있었다.

* * *

"황산파가 멸문했다고요?"

"예! 다시 일어날 수 없을 정도로 완전히 초토화됐다고 합니다. 살아남은 사람은 당시 외유를 하고 있던 제자들뿐이라고 합니다."

보고하는 벽력신군의 표정은 침통했다. 벽력문이 멸문했을 때 자신들에게 닥쳤던 상황과 너무 흡사하여 동병

상련(同病相憐)의 느낌을 받았기 때문이었다.

"흔적은 발견한 것이 없습니까?"

"지금 개방과 무림맹에서 제자들을 파견하여 정밀 분석을 하고 있지만 아직까지는 발견한 것이 없는 듯합니다."

'도대체 대무신가는 어느 정도의 전력을 가지고 있는 것인가……..'

지금까지 대놓고 벌인 혈겁들은 시간과 장소들을 감안한다면 모두 다른 세력들이 벌인 일이 분명했다. 그 많은 세력들이 모두 한 조직에 속해 있다는 것은 실로 경악할 일이 아닐 수 없었다.

"무림맹보다 더 방대한 전력을 가지고 있다고 봐도 무방하겠군요?"

"무림맹에서도 이젠 심각함을 느꼈을 것입니다."

"창방식이 조용하게 지나가지 못할 우려가 있습니다. 제자들에게 다시 한번 주위를 주십시오."

"예, 다시 주지시키겠습니다."

"비무 대회는 잘 준비가 되고 있습니까?"

"잘되고 있으니 걱정하지 않으셔도 됩니다. 그런데 문주님……."

벽력신군이 잠시 머뭇거리자 진무성은 괜찮다는 듯 말했다.

"말씀하세요."

"이런 식으로 비무 대회를 통해 문도를 받아들일 경우 세작들이 들어오는 것은 막을 길이 없습니다. 지금 믿을 만한 자들을 선별하여 받아들여도 충분할 정도로 천의문에 들어오겠다는 자들이 줄을 서고 있는데 굳이 비무 대회로 받아들이려고 하시는 이유를 모르겠습니다."

벽력신군의 말대로 비무 대회는 오로지 무공만으로 뽑기 때문에 세작들이 들어올 수 있는 구멍이 많았다.

다른 간부들도 벽력신군의 말에 동의한다는 눈빛으로 자신을 쳐다보자 진무성은 미소를 지며 답했다.

"세작은 분명 위험하지요. 하지만 적에 대해서 알아내기 위해서 세작만큼 좋은 미끼도 없습니다."

진무성의 말대로 세작이 누구인지만 알 수 있다면 적의 실체를 알아내기 더 쉬울 수 있었다. 그러나 세작을 어떻게 알아낸단 말인가……

하지만 더 이상 반론은 나오지 않았다. 이미 진무성의 말은 그들에게 무조건적인 신뢰를 주고 있었기 때문이었다.

9장

"막간산 입구부터 입산을 통제를 하고 있습니다."
"신원 확인 후에 들여보내기라도 하겠다는 것이냐?"
"간단히 자신의 이름을 대고 옆에 놓인 큰 철덩이를 들면 들여보내는 정도이니 신원 확인이라고 할 수는 없을 것 같습니다."
"정말 그게 다란 말이냐?"
철마종 임영득은 눈에 이채를 띠며 되물었다.
"예, 저도 너무 간단해서 눈여겨보았지만 더 이상 다른 것은 없었습니다. 제가 보기에는 딱히 통제한다기보단 입산하는 사람들의 숫자를 확인하는 정도로 보였습니다."
"이놈 봐라? 우리가 아무 짓도 못 할 것이라고 자만하는 거야 아니면 기습을 하건 말건 대처할 자신이 있다는 거야?"

철마종이 어이가 없다는 듯 중얼거리자 차가운 표정의 독마종 사현악이 말을 받았다.

"가주님께서 어떤 상황에서도 신중하게 다가가라고 하셨다. 장마종과 궁마종이 당한 것에는 분명 이유가 있을 터! 우리는 그냥 계획대로만 하면 된다."

동의한다는 듯 고개를 끄덕인 철마종은 수하들을 보며 명했다.

"생각보다 입산은 쉬울 것 같으니 너희들은 모두 알아서 올라가라."

"알겠습니다."

수하들이 모두 떠나자 철마종은 독마종을 보며 말했다.

"그럼 우리도 슬슬 움직여야지?"

"이곳에서 최악의 살육이 벌어진다면 창귀 놈도 무림의 공적이 되겠지. 감히 본가를 건드린 것이 얼마나 큰 실수였는지 뼛속 깊이 기억하게 될 게야."

피식-

독마종의 살벌한 미소를 본 철마종은 피식! 미소를 지으며 말했다.

"독마종의 무서움을 무림인들에게 다시 각인시키겠구나."

전설에 의하면 구마종에 의해 죽은 무림인은 만 명이 넘는다고 했다. 그리고 그중 거의 삼천 명은 독마종에 의해 죽었다.

그가 다른 마종들보다 무공이 강해서가 아니었다.

바로 대량 살상에 특화돼 있는 독에 의해서였다.

사공무경이 굳이 독마종을 이곳에 보낸 이유이기도 했다.

* * *

"두 분께서 약속이라도 하신 모양입니다?"

진무성은 기다리던 귀한 손님들이 나타나자 반갑게 맞았다.

"어떻게 아셨습니까? 혼자 와서 대화하면 또 똑같은 얘기를 하게 될 것 같아 같이 오자고 약속을 했습니다."

백리령하의 말에 곽청비가 부언했다.

"진 대협께서 일주일 안에 창방식을 할 거라 공언하시는 바람에 저희만 다급했네요."

"제가 말실수를 했군요. 일주일 안에 창방식을 한다는 것이 아니라 창방식을 할 거라고 공표를 한다는 말이었는데 제가 오해를 하게 만들었던 것 같습니다. 죄송합니다."

분명 그들이 다른 생각을 할 틈이 없이 조급하게 만들었으면서도 막상 오해라며 사과를 하니 더 이상 뭐라고 하기도 애매했다.

"진 형은 저희를 기다리시기는 했습니까?"

"물론입니다. 솔직히 두 분이 제 제안을 거절하면 어쩌나 매우 걱정했습니다."

 빈말을 할 진무성이 아니었지만 빈말이더라도 그녀들로서는 기분이 좋아질 대답이었다.

"천외천궁의 궁주님과 본 각의 검후님께서는 진 대협의 제안을 받아들이는 대신 세 가지 조건을 말씀하셨습니다."

 진무성은 천외천궁과 검각간에 전서로 통하는 소통로가 있음을 직감했다.

 진무성에게 요구할 조건 같은 세세한 사안을 천외천궁의 궁주와 검각의 검후 간에 의논하기에는 두 문파의 거리가 가깝지 않았기 때문이었다.

"말씀하십시오. 어떤 조건이라도 제가 할 수 있는 것이라면 받아들이겠습니다."

 진무성은 마치 어떤 조건이건 파격적으로 받아들이겠다는 듯 흔쾌히 대답했지만 결과적으로는 자신이 납득하지 못 한다면 받아들이지 못한다는 의미라는 것을 눈치챈 백리령하는 쓴웃음을 지으며 말했다.

"세 문파의 연맹은 대무신가를 없앨 때까지만 존속하기를 원하십니다."

"그건 저도 바라는 바입니다. 받아들이겠습니다."

"두 번째 조건은 연맹이 지속되는 동안에는 비록 악인이긴 하지만 평민으로 분류되는 흑도파에게 행해지는 살상은 멈추시기를 바라십니다."

"저도 무차별적인 살인을 하는 것을 원치는 않습니다. 다만 대무신가의 움직임으로 추측하건대 그들을 돕는 흑도파들이 있음이 분명합니다. 전 그 흑도파들은 대무신가와 한 세력으로 분류해야 한다고 봅니다. 최대한 살생은 지양하겠지만 대무신가를 돕는 세력을 제기히는 것은 양해해 주셨으면 합니다."

"대무신가를 돕는다면 아무리 흑도파라 해도 그냥 둘 수는 없겠지요."

'결국 흑도파를 계속 없애겠다는 말이나 마찬가지인데…… 어떡하지?'

곽청비의 답에 백리령하는 아미를 살짝 좁혔다. 진무성의 말대로 많은 흑도파들이 자신들이 알게 모르게 대무신가를 돕고 있을 것은 분명했다.

그리고 그것은 진무성이 흑도파들을 제거한다 해도 조

건을 어겼다고 따질 수도 없음을 말하는 것이었다.

백리령하는 잠시 머뭇거렸지만 결국 고개를 끄덕일 수밖에 없었다. 자신이 반대를 한다면 상황이 이상해질 것이 분명했기 때문이었다.

"그건 저희도 반대할 명분은 없는 것 같습니다."

"두 분께서 동의해 주시니 감사할 따름입니다. 그럼 마지막 조건은 무엇입니까?"

"연맹의 지휘 체계는 협의제로 했으면 하십니다."

연맹체의 지휘 체계를 맹주 단일 체제로 하느냐 맹의 조직을 이루는 문파 간에 협의를 통하는 집단 체제로 하느냐는 연맹의 성격을 가늠하는 가장 중요한 쟁점이기도 했다.

집단 지도 체제는 맹주의 독단적인 결정을 막을 수 있는 장점이 있는 대신 급박한 상황에서 대처가 느리다는 단점이 있었다.

지금 진무성이 생각하는 세 문파의 연맹은 시작부터 집단 지도 체제는 불가했다. 그리고 그것을 천외천궁의 궁주나 검각의 검후도 알고 있었다.

그럼에도 이런 조건을 붙인 것은 여전히 진무성의 정체에 대해 의구심을 품고 있기 때문이었다.

만약 진무성이 마교의 계책에 의해 탄생한 자라면 마교

를 막기 위해 존재한다고 해도 과언이 아닌 천외천궁과 검각이 오히려 마교의 주구로 변할 수도 있기 때문이었다.

진무성도 그들의 염려가 잘못된 것은 아니라는 것을 알고 있었다. 사실 그라도 신원이 불분명한 사람이 너무 빠른 시간 만에 큰 명성을 얻게 된다면 의구심을 가지는 것은 당연하다는 생각을 가지고 있었다.

"협의를 통해 맹의 할 일을 정한다는 것은 현 무림의 상황에서 맞지 않다는 것을 아시리라 믿습니다. 그렇다고 궁주님이나 검후님께서 이름도 성도 모르던 저를 전적으로 신뢰하기도 어렵겠지요."

"진 형, 신뢰를 하지 못한다면 연맹을 하자는 제안조차 받아들이지 않으셨을 겁니다."

"맞습니다. 지휘 체계 문제는 연맹체를 구성할 때 언제나 가장 많은 의견이 나오는 문제입니다."

백리령하가 급히 부인을 하자 곽청비도 거들었다.

"무림맹도 맹주님의 단일 체제 같지만 맹주단을 두어 협의를 통해 중요사안을 결정하십니다. 저희도 그런 맥락으로 받아들이면 되지 않을까 싶습니다."

"받아들이지 않는다는 말은 아닙니다. 다만 협의제를 하더라도 지금같이 적의 위협이 가시화된 상황에서 결단이 필요할 때 빠르게 의사결정을 하기 위한 장치가 마련이 되어야 한다는 것이 제 생각입니다."

"그럼 어찌하셨으면 하십니까?"

"우선 명목상의 맹주는 내세워야 한다고 봅니다."

"그거야 그렇지요."

"저는 맹주가 되고 싶은 마음은 없습니다. 그러니 두 분 중 한 분이 맹주님이 되셔도 됩니다."

진무성의 말에 백리령하와 곽청비의 표정이 살짝 굳어졌다.

어떤 새로운 조직이 만들어질 경우 맹주는 그 조직의 상징성을 띠게 된다는 것은 누구라도 인정을 할 수밖에 없는 사실이었다.

게다가 연맹체는 소속된 문파의 이해타산이 맞아야 했다. 무림맹 역시 초기에는 구파일방과 오대세가 같은 대문파에서 맹주를 맡았다.

하지만 각 파 간에 경쟁이 수위가 위험할 정도로 심해지고 중소 문파에서 대문파가 다 해 먹는다는 말이 나오면서 맹의 존립 자체를 위협하자 그 대안으로 정파인들이 모두 인정하는 인물을 맹주로 받아들이기 시작했다.

각 문파들 간의 이해타산에 따른 고육지책이었다. 그리고 대신 맹주단을 두어 대문파들의 의견을 받아 주는 지휘 체계를 만든 것이었다.

지금 진무성과 그녀들이 계획하고 있는 연맹은 그 수가 세 문파밖에 안 되고 그 목적도 마교로 추정되는 대무신가를 상대하기 위한 것이니 무림맹과는 사정이 달랐지만 그래도 맹주만은 모든 사람들이 납득하는 인물이 되어야 명분이 설 것이었다.

그리고 실제로 천외천궁과 검각은 정파인들이나 존경하고 경외할 뿐, 무림 전체적으로 본다면 큰 영향력이 있는 세력도 아니었다. 원체 폐쇄적으로 운용을 해 왔기에 아는 사람들조차 많지 않기 때문이었다.

"맹주를 진 형이 맡지 않으신다면 연맹을 만드는 의미가 축소되지 않겠습니까?"

백리령하의 말에 진무성은 미소를 지으며 말했다.

"어차피 우리가 만들 연맹은 대무신가를 상대하기 위한 한시적인 조직입니다. 제가 맹주가 되지 않는다 하여 달라질 것이 무에 있겠습니까? 전 두 분 중 한 분이 맹주가 되시어 단일체제로 맹을 이끄시라고 권해 드리고 싶습니다. 지금 상황에서는 그게 최선이기 때문입니다. 대신 저는 부맹주직 같은 간부직을 맡아 맹주님을 보필하거나 무력대장이 되어 대무신가를 선봉에 서서 막겠습니다."

연맹은 깨지 않겠지만 지휘 체계는 단일 체계여야 한다는 진무성의 의지가 답이었다.

[검주, 어떻게 할래?]

천외천궁의 궁주와 검각의 검후는 조건을 붙이면서 만약 진무성이 조건을 받아들이지 않을 경우 차후 결정은 그녀 둘이 합의를 해서 계획을 포기하든지 아니면 차선책을 선택하든지 알아서 하라며 전권을 맡긴 상황이었다.

[진 대협의 말이 틀린 것은 아니잖아? 곳곳에서 지금도 정파들이 멸문을 당하고 있는 상황에서 협의를 하는 것은 시간이 너무 걸려.]

물론 협의를 하더라도 그녀들이 진무성의 뜻을 전폭적으로 따라 주면 되지 않겠나 라는 생각을 할 수도 있었다.

하지만 진무성과 그녀들은 결정적인 차이가 있었다.

그녀들은 전형적인 정파인으로 자랐고 진무성은 정파를 지향하지만 그 방법은 전혀 정파 같지 않다는 점이었다.

막상 협의제가 된다면 분명 의견 충돌이 생길 수밖에 없었다.

[난 마교는 마교의 방식으로 상대해야 한다는 진 형의 말이 맞다고 본다. 우리가 합의하면 된다. 맹주는 진 형으로 하고 지휘 체계도 맹주 단일 체계로 가자. 대신 우리가 부맹주가 되어 너무 급진적인 결정을 할 경우에는 반대를 하면 되지 않겠어?]

백리령하가 결국 진무성의 뜻을 받기로 마음을 정하자

곽청비도 고개를 끄덕였다.

[그래. 검후님께서는 아직 진 대협을 의심하는 것 같은데 난 진 대협을 정말 믿을 수 있다고 판단한다. 그렇게 하자.]

그녀들은 진무성이 전음까지 들을 수 있다는 것은 모르고 있었다.

물론 그 덕에 진무성은 그녀들이 자신을 진정으로 믿고 있다는 것을 알게 되었으니 오히려 그녀들에게는 더 잘된 일이기도 했다.

'두 분께서 실망할 일은 최대한 만들지 않겠습니다.'

진무성은 믿을 만한 자신의 편이 생겼다는 것에 기분이 좋았다.

"좋습니다. 이렇게 하시지요. 궁주님과 검후님은 저희가 다시 설득을 하겠습니다. 대신 우리 둘은 부맹주로 봉하여 주시고 저희의 의견도 무겁게 받아들여 주십시오."

"물론입니다. 그리고 제가 독단적으로 처리하는 경우도 그리 많지는 않을 것입니다."

드디어 가장 중요한 사안을 합의하는 데 성공한 모두는 세부적인 조율에 들어갔다.

맹주와 부맹주가 정해졌다고 조직이 완성이 되는 것이 아니었다. 그때부터가 사실 시작이라고 봐야 했다.

우선 맹의 이름부터가 관건이었다.

　　　　　　　＊　＊　＊

철마종과 독마종에게 보고를 했던 구 단계 초인 설사덕은 인명부에 자신의 본명을 적고 오백 근이 넘는 철괴를 가볍게 들어 보이고는 입산을 하는 데 성공했다.

그는 이미 앞서가고 있는 한 중년 여인을 보며 미소를 살짝 그렸다.

'모두 손쉽게 올라가고 있군.'

그녀는 그와 같은 구 단계 초인인 손중화였다. 그와 같이 온 팔 단계 초인도 여럿 보였지만 그는 모른 척 산을 오르기 시작했다.

올라가던 그는 인상을 살짝 구겼다.

무슨 일인지 앞에 먼저 올라간 사람들이 몰려 있는 것을 느꼈기 때문이었다.

'뭐야 또?'

설사덕은 짜증 난다는 듯 검미를 찌푸렸다.

사람들이 몰려 있는 곳에 도착한 그는 실소를 금할 수 없었다.

산 위로 이어진 기다란 소로 위에 길고 짧은 통나무들

이 징검다리처럼 늘어서 있었다.

그리고 길 중앙에는 큰 팻말이 꽂혀 있었다.

―나무를 쓰러뜨리지 말고 모두 밟고 지나가라.

'저걸 시험 관문이라고 설치한 건가? 어이가 없군…….'

함정도 아니고 그냥 늘어선 통나무를 밟고 지나가는 것은 기초적인 신법만 알아도 할 수 있는 일이었다.

다만 통나무들이 땅에 박힌 것이 아니라 그냥 세워져 있어서 내공이 부족할 나무가 쓰러질 수 있다는 점이 난해한 정도였다.

하지만 그것 역시 여간한 고수라면 누구라도 통과할 수 있는 수준이었다.

"두 번째 관문을 통과하지 못하시면 이곳에서 하산하여야 합니다."

팻말 옆에 서 있던 무사가 소리쳤다. 그의 옷에는 천의라는 글자가 선명하게 수놓아져 있었다.

설사덕의 검미가 찌푸려졌다.

'무슨 관문을 한 번에 하지 않고 올라가면서 또 하는 거야? 귀찮게! 설마 이곳을 지나도 또 있는 것은 아니겠지?'

성질 급한 그는 짜증이 올라왔지만 최대한 참았다. 천

의문에 도착하기 전까지는 소란을 피워서는 안 되기 때문이었다.

그때 설사덕의 눈에 붓과 종이를 들고는 통나무를 밟고 산을 오르고 있는 무인들을 보며 뭔가를 적고 있는 한 노인이 보였다.

'시시한 놈들만 있는 줄 알았는데 꽤 쓸만한 놈들도 있긴 한 모양이군. 여기서 수상한 놈들을 잡아내겠다 이 말인가?'

두 번째 관문을 지키는 무인들의 책임자인 듯 보이는 노인은 이런 곳을 지킬 만한 자가 아니었다. 그가 강호에 나온 이후 만난 자들 중 손가락에 꼽을 정도로 강한 자였기 때문이었다.

그는 관문은 그냥 허울뿐이고 사실은 무공을 숨기는 자들에 대해 알아보기 위한 탐문소라고 직감했다.

설사덕의 얼굴에는 비소가 나타났다. 노인이 비록 상당한 무공의 소유자이지만 그가 자신을 알아차리지 못할 것이라는 자신감 때문이었다.

노인은 천의문의 장로인 등천객 반천수였다.

백대고수에는 들지 못했지만 백대고수에 전혀 밀리지 않는 무공을 지닌 그를 설사덕은 아주 우습게 평가하고 있었다.

등천객은 검객이었지만 그를 유명하게 만든 것은 검이

아니었다.

그의 명호에 등천이라는 단어가 들어간 이유는 그가 바로 신법에 대단한 조예를 가지고 있다는 사실이었다. 그리고 그가 지금 이곳에 배치된 이유는 설사덕의 예상 그대로였다.

무림인들이 가장 숨기기 어려운 것이 의외로 신법이었다.

'이상하네……?'

관문은 시간의 차이가 좀 있을 뿐, 거의 대부분 쉽게 통과했다. 문제는 예상보다 자신의 무공을 숨기는 것 같은 자들이 적다는 것이었다.

수상해 보이는 자들이 없는 것은 아니었지만 위협이 될 정도의 인물은 보이지 않았다.

가볍게 관문을 통과한 설사덕 등은 회심의 미소를 지으며 계속 산 위로 올라갔다.

* * *

"어찌 됐습니까?"

"문도가 되기 위해 비무를 하겠다는 자들의 수가 예상 외로 너무 많다고 합니다."

"몇 명이나 되기에 호법께서 놀랄 정도입니까?"

진무성은 미소를 지며 반문했다.

"벌써 오백 명이 넘는다고 합니다. 지금 같은 속도라면 비무대회 전까지 천 명이 넘을 수도 있을 것 같습니다."

"그 사람들이 머물 공간은 됩니까?"

"충분히 준비하라는 명대로 천오백 명은 잘 수 있는 공간이 마련되어 있으니 머물 공간은 문제가 아닌데 식사가 좀 문제입니다. 아무래도 식재료를 더 주문을 해야 할 것 같습니다."

"그렇게 하십시오. 문도가 되겠다고 찾아와 준 고마운 사람들인데 먹는 데 들어가는 돈을 아끼는 것은 좀 그렇지 않겠습니까?"

"알겠습니다."

내당 당주로 임명된 천뢰신검 오수광이 보고를 마치고 물러나려 하자 진무성이 손을 들어 잠시 기다리라고 했다.

그리고 준비한 한 자가량의 긴 꼬챙이 십여 개를 가리키며 말했다.

"탐독침(探毒針)입니다. 저거를 가지고 가서 모든 식재료는 물론 물까지 전부 검사를 한 후 지급하라고 하십시오."

"언제 이런 것까지 준비를 하셨습니까?"

"나쁜 놈들 수법에 대해서 아주 통달한 사람을 압니다. 이렇게 많은 사람들이 모일 때 가장 위험한 공격이 독이라고 하더군요. 그래서 좀 많이 준비를 했습니다."

진무성은 마노야의 지식을 통해 어떤 독이든 쉽게 반응하는 탐독침을 오십 개가 넘게 준비를 해 두었다.

탐독침은 은으로 만들어 특별한 약초를 겉에 바른 꼬챙이로 천하에 존재하는 수많은 독들을 대부분 잡아 낼 수 있다고 했다.

마노야가 그런 침을 만들어 낼 수 있었던 것은 가장 많은 독을 만들어 낸 곳이 바로 마교이기 때문이었다.

마교는 독이 가지는 엄청난 이점을 어떤 다른 세력보다 먼저 알아냈다.

우선 제대로만 시독하면 아군의 피해가 전혀 없이 적을 몰살시킬 수도 있는 대량 살상 능력이 그 어느 것보다 뛰어났고 돈 역시 매우 적게 들어 경제적이었다.

또한 그 은밀성 역시 다른 무기와는 비교가 안 될 정도로 탁월했다. 시독을 하고 그 자리를 벗어난 후 독성이 나타나는 독을 사용할 경우 범인을 특정하기가 매우 어렵다는 장점도 있었다.

당연히 마교에서는 수많은 독을 만들어 냈다.

사독(蛇毒) 같은 자연독도 연구가 많이 되었지만 여러 가지 독초를 사용하여 다양한 용도에 이용할 수 있도록 조제한 인공독도 연구가 많이 되어 있었다.

독을 연구하다 보니 해독하는 방법도 가장 많이 알고 있었다.

그리고 적이 독으로 마교를 공격할 수도 있다는 것을 깨달은 그들은 독을 탐지해 내는 도구도 상당히 많이 만들어 냈다.

탐독침은 마노야가 직접 고안해 낸 방법으로 독을 탐지하는 기구로는 가장 탁월한 효과를 가졌다.

마교의 독 공격에 엄청난 인명 피해를 입었던 정파는 독을 천시하던 관행을 탈피하고 독을 전문적으로 무기화한 세력이 등장했으니 그것이 바로 사천의 당가였다.

하지만 용독술에는 단점도 존재했다.

우선 피부나 호흡만으로도 중독이 되는 경우가 많아 운반이나 시독에 큰 제약이 있었다. 거기다 빠른 효과를 보기 위해서는 음식물에 섞어 먹여야 하는데 독 특유의 냄새와 맛 때문에 금방 눈치챌 수 있다는 점도 문제였다.

독성이 강할수록 그 악취는 점점 심해져서 당가 같은 경우는 사람에게 직접 독으로 공격하는 용독술을 포기하고 무기에 독을 발라 공격하는 쪽으로 발전하기도 했다.

삼백 년 전 무렵에 나타났다가 공적이 되어 멸문한 독문은 호흡을 통해 중독을 시키는 독탄을 만들어 수많은 인명을 죽인 적이 있었다.

허나, 밀폐된 공간에서의 독탄은 충분히 위력적이었지만 외부에서는 바람 등 환경에 의해 오히려 아군이 피해를 입는 경우도 많아서 큰 효용이 없었다.

그럼에도 불구하고 많은 용독술의 대가들이 무림에서 꽤 명성을 떨쳤으니 독의 위력은 절대 무시할 수 없는 것은 확실했다.

그런데 독에 관한한 새롭게 역사를 쓴 인물이 한 명 있었다.

구마종 중 한 명인 독마종이었다.

그는 용독술이 아닌 독공을 익힌 사람이었다.

독공은 태어나면서부터 소량의 독을 몸에 주입해 독에 대한 저항을 길러 어떤 독도 소화할 수 있는 신체로 변화시키는 것이 우선 선행이 되어야 했다.

모든 독에 불침의 신체를 가지게 되면 이후 독을 몸에 축적하는 단계를 거치게 된다.

독을 몸에 지니고 다니고 은밀히 적의 음식에 독을 주입하거나 하는 번거로운 과정이 필요 없이 신체 자체가 독이었고 자신의 손가락을 살짝 담그기만 해도 적을 중독시킬 수 있는 독인이 되는 것이었다.

그리고 독공에 들어가면 무공을 사용할 때마다 독도 같이 뿜어져 나와 상대는 어떻게 중독이 되었는지조차 모른 체, 중독을 당하게 만드는 것이었다.

심지어 주위 사람들까지 중독을 시킬 수 있어서 독공을 사용하는 자를 만나면 십 장 이상 떨어져 있어야 한다는 말도 있었다.

독공의 마지막 단계가 독을 사용하는 무림인들이 가장 원하는 독강의 경지였다.

독마종의 독강은 어찌나 강력했는지 그와 부딪친 사람 중 상당수는 시신까지 녹아 버려 시신 수습조차 하지 못했다고 전해져 왔었다.

독마종 덕에 이후 독공을 쓰는 자들이 상당수 무림에 나타났다. 천존마성의 태상호법인 만독제군이나 암흑무림의 호법인 무영독귀 등이 바로 독공을 쓰는 고수들이었다.

마교의 나쁜 수법을 모두 알고 그것을 직접 만들고 시행하려고 했던 자가 바로 마노야였다.

진무성으로서는 저절로 떠오르는 적들의 공격 방식 때문에 탐독침을 준비하지 않을 수 없었다.

* * *

"정말 대단한 놈이군? 저런 곳은 또 어떻게 찾아냈을까? 정말 천험의 요새아니냐?"

천의문도들의 감시망을 간단히 피해 막간산을 오른 철마종은 멀리 천의문 총단이 보이는 산 중턱에 서서는 감탄사를 터뜨렸다.

 그의 말대로 천의문 총단은 그 규모도 규모지만 그들과 같은 초고수들조차 안으로 침입할 곳이 마땅치 않을 정도로 천혜의 장소에 지어져 있었다.

 "가주님 말씀대로 본 가에서 저놈에 대해 너무 모르고 있었던 것 같다. 저 정도 건물을 지으려면 최소한 육 개월에서 일 년은 걸릴텐데 악양에서 그런 분탕질을 치면서 이곳에 저런 것을 지었다는 것은 준비가 이미 예전에 되어 있었다는 말이 아니겠느냐?"

 "가주님 말대로 천기로도 발견을 하지 못했다고 하니, 도대체 저런 놈이 갑자기 하늘에서 떨어진 것은 아닐 텐데, 어디서 나타났을까? 점점 신기한 놈이라는 생각이 들기는 한다."

 "초인들은 다 들어갔겠지?"

 "우리 초인들이 마음먹고 숨어 들려고 한다면 누가 있어 막겠느냐? 어디부터 시작할 생각이냐?"

 "우선 비무를 한다고 모인 놈들부터 시독할 생각이다. 막 죽어 나가면 의심을 할 수도 있으니까 가벼운 독으로 시작할 생각이다."

"천의문에 무림 정파놈들이 들어가기 시작한 모양인데 거기도 손은 써야지?"

"거기는 오늘 밤에 잠입해서 우물과 부엌에 산공독(散功獨)을 뿌리려고 한다."

"하긴 왜 죽었는지도 모르고 죽는 것보다는 죽음의 공포를 맛보게 하는 것이 묘미가 있긴 하지."

산공독은 이름 그대로 공력을 소실케 하는 독이었다. 생명에는 직접적인 해는 끼치지 않는 독으로 독성은 상당히 낮은 하위 독이었다.

하지만 신체의 모든 근육을 마비시켜 공력을 운기조차 하지 못하게 만들기 때문에 싸움을 앞둔 무림인들에게 치명적인 결과를 유발할 수 있는 독이기도 했다.

산공독이 독성에 비해 위험한 이유는 중독이 된 사람들이 몸의 상태가 갑자기 나빠진 이유가 중독이라는 것조차 알지 못한다는 점이었다.

독마종과 철마종은 이후 벌어질 일을 생각만 해도 좋은 듯 만면에 미소를 짓고는 그 자리를 떠나갔다.

* * *

아침부터 유시까지 사람들을 만나고 창방식 준비를 점

검하는 등 바쁜 시간을 보낸 진무성이 잠시 시간이 나자, 설화영이 머무는 천의문의 안채로 향했다.

"바쁘실 텐데 왜 오셨어요?"

"영 매가 보고 싶어서 견딜 수가 있어야지."

진무성이 여인이 원하는 정답을 말했는지 설화영의 얼굴에는 행복한 미소가 떠올랐다.

"그래도 자꾸 안채로 들어오시지는 마세요. 문도들이 웃습니다."

"감히 문주가 행하는 일을 누가 웃는다는 말이야? 누구든 그런 자가 있으면 내가 엄히 벌을 줄 거야."

"호호호~ 상공께서 그러지 못하시는 분이라는 거, 제가 잘 알거든요."

"어쨌든 오래는 못있으니까 잠깐만 안고 있다가 갈게."

말을 마친 진무성은 설화영을 품에 꼭 안았다. 그녀의 몸은 마치 구름이라도 안은 듯 너무 부드러웠다.

"상공."

품에 안긴 설화영이 작은 목소리로 그를 불렀다.

"응?"

"오늘 안 좋은 일이 벌어질 것 같습니다."

"그래?"

"상공의 계획이 어긋날 정도는 아닌 것 같지만 그래도

상당한 피해가 예상되오니 준비를 잘하셔야 할 것입니다."

"영매가 그렇게 느꼈다면 맞겠지. 그래서 나도 확실하게 준비를 하고 있지. 되도록 강한 놈들이 기습하기를 바라는데 대무신가에서 얼마나 대단한 놈들을 보낼지 상당히 기대하고 있어."

"분명 전에 싸웠던 전력보다 강한 전력을 보냈을 것입니다."

설화영의 말에 진무성은 고개를 끄덕였다.

저번에 만난 자들이 구마종이었으니 이번에도 그들과 맞먹은 자들이 올 것은 자명했다.

"아마도 구마종이라고 불리는 놈들이 오겠지. 내 짐작이 맞다면 최소한 두 명은 보냈을 거야. 그리고 나를 죽인다는 목표보다는 창방식을 완전히 망쳐 버릴 계획을 짰겠지."

진무성의 말을 심각한 표정으로 듣던 설화영은 그의 허리를 꽉 안으며 말했다.

"조심하셔야 합니다."

진정 어린 그녀의 염려는 진무성에게 힘을 주기에 충분했다.

* * *

 천의문의 창방식이 절강이 한창 바쁜 시각, 초인동에 사공무천이 정운과 함께 사공무경을 찾아왔다.
 "얼마간 대무신가를 네게 맡기고 초인동에 집중을 하겠다고 했는데 왜 이리 자주 찾는 거냐?"
 사공무경은 정운까지 같이 나타나자 의아한 듯 물었다.
 사공무천은 그의 앞에 상자 하나를 조심스럽게 올려놓았다.
 "이게 뭐냐?"
 "제황병입니다. 율미수가 가지고 온 것을 보름간 정밀 조사를 했습니다."
 사공무경은 상자를 열고는 안에 들어 있는 화병을 꺼내 들었다.
 척 보기에도 상당히 오래되어 보이는 화병에는 마치 지도인 듯 산과 강이 그려져 있었고 그 주위를 어지러울 정도로 매우 복잡한 선이 그어져 있었다.
 또한 의미를 알 수 없는 글귀가 적혀 있었다.
 그러나 가장 눈에 띄는 것은 매우 아름답게 조각된 제황병이라는 글자였다.
 사공무경은 제황병을 자세히 살피더니 물었다.

"알아낸 것이 있느냐?"

"없습니다. 아무리 정밀 조사를 해도 제황병에 그려진 그림이나 글씨에 대해 의미를 알아낼 수가 없었습니다."

"제황병을 만든 자들은 평범한 사람들이다. 그런데 어찌 너희가 해독(解讀)을 못 한다는 말이냐?"

"군사부에서도 여러 의견이 난무했습니다. 실지로 매우 비슷하게 답을 유추한 것도 있었지만 결정적으로 장보도의 장소가 어디인지를 알아낼 수가 없었으니 해독을 못한 것이나 다를 것이 없었습니다."

정운의 보고에 사공무경은 제황병을 다시 한번 자세히 살폈다. 그리고 다시 물었다.

"이 제황병이 진짜인 것은 확실하냐?"

"그것 역시 결론을 내지 못했습니다. 이런 비문(秘文)에 관한한 최고의 실력을 가졌다고 자부하는 저희들입니다. 그런데도 해독의 실마리를 발견하지 못했다는 것은 제황병에 그려진 그림이나 글귀가 아무 의미도 없는 것이기 때문일 수도 있습니다. 그렇다면 그 제황병은 가짜일 수도 있다고 봅니다. 다만 그게 진짜 가짜라면 그것을 만든 자는 천하제일의 명장(明匠)이라고 해도 과언이 아닐 것입니다."

심정적으로 가짜 같지만 제황병의 실체가 너무 진짜 같

아서 결론을 내지 못하고 있다는 의미였다.

사공무경은 다시 한번 그림과 글귀를 천천히 살피더니 갑자기 제황병을 반으로 찢어 버렸다.

"진짜일지도 모릅니다."

정운은 갑작스러운 행동에 놀라 말했다.

하지만 사공무경은 그의 말은 들은 척도 하지 않고 안쪽을 살피기 시작했다.

그리고 그의 입가에 비릿한 미소가 나타났다.

"정말 대단한 놈이군…… 아주 재미있어."

사공무경의 반응이 무슨 의미인지를 알 수 없었던 사공무천과 정운은 감히 입을 열지 못하고 고개를 조아렸다.

"처음부터 그놈에게 완전히 우롱을 당했다."

"그게 무슨 말이십니까?"

사공무천은 결국 고개를 들고 반문하고 말았다.

사공무경은 찢어진 제황병을 그들 앞에 던지며 말했다.

"제황병은 가짜다. 본 좌의 눈까지 속일 정도로 완벽하게 복제품을 만들었지만 속까지 바꾸지는 못했다. 창귀 그놈이 처음부터 가짜 제황병으로 우리와 혈사련 그리고 암흑무림과 이간질을 한 것이다."

이간질이라면…… 바로 적을 교란시키기 위해 마교에서 가장 선호하는 방법이었다. 그런데 오히려 창귀에게 이간질을 당했다는 말이 아닌가?

"창귀의 짓이라고 하기에는 제황병을 보지 않고는 절대 불가능할 정도로 너무 완벽하게 복제했습니다."

"창귀 놈이 제황병을 봤다면 가능하지 않겠느냐? 어쩌면 본 정도가 아니라 그놈이 제황병을 가지고 있을지도 모를 일이다. 모든 것을 그놈과 연관시켜 생각해 보거라. 그럼 그동안 계획이 자꾸 어그러진 이유가 선명하게 드러날 것이다. 그동안 우리는 그놈의 정체에만 초점을 두고 상황을 해석해 나간 탓에 아무것도 찾지 못한 것이다."

"하지만 창귀가 이 모든 일을 계획한다는 것이 가능하겠습니까?"

사공무천은 여전히 의구심을 보였다.

"모든 일은 진무성이란 놈이 황도에 들어오면서부터 일어났다. 그놈이 황도에 들어선 후 일어난 살인 사건이 한둘이 아니다. 일개 오십부장이 어떻게 그런 무공을 지니게 됐는지, 무림에 나와 어떻게 저리 빨리 세력을 구축했는지 따위의 지엽적인 것을 생각하고 거기에 맞추려 하다 보니 자꾸 분석이 어긋난 것이다. 고윤의 행방불명만 봐도 이상하지 않느냐? 아직도 동창에서 전력을 다해 조사를 하고 있다고 했다. 그럼에도 아직도 시신조차 발견하지 못하고 있다. 하지만 진무성이 창귀라고 한다면 그 불가해도 그냥 풀린다."

 창귀의 무공이나 신원들을 제외하고 사건만으로 상황을 분석하라는 사공무경의 말을 듣고 뭔가를 곰곰이 생각하던 정운의 눈이 커졌다.

"가주님 말씀대로 생각하니, 황도에서 제황병이 사라졌다는 소문도 사실일 확률이 큰 것 같습니다. 진무성이란 놈이 황도에서 나온 시간과 제황병이 나타났다고 소문이 난 시간도 몇 달 차이가 나기는 하지만 가능하다고 봅니다."

 정운의 말에 사공무천도 뭔가 머리에 떠오른 듯 놀라 말했다.

"그럼 혹시 그놈이 가주님 말씀대로 제황병을 가지고 있다면 아니, 이미 비밀을 풀었다면 지금 막간산에 장원을 짓는 등 들어가는 엄청난 돈의 출처도 쉽게 이해가 됩니다. 일개 오십부장을 하던 놈이 그런 돈이 있을 리 만무 아니겠습니까? 더구나 무공도 거기서 얻었다고 한다면 그렇게 강한 것도 가능할 수 있다고 봅니다."

"그래, 무조건 아니라는 생각보다는 그렇게 가능한 쪽으로 생각한다면 그놈이 무슨 생각을 할지도 추측할 수가 있을 게다."

"가주님, 만약 진무성. 아니, 창귀 그놈이 제황병을 가지고 있다면 그것을 밝혀 본 가를 쫓는 놈들이 창귀를 쫓도록 만들 수 있지 않겠습니까?"

사공무천의 말에 사공무경은 잠시 생각하더니 정운을 보며 말했다.

"네 생각에 가능하겠느냐?"

"이미 완벽하게 함정에 빠졌습니다. 지금은 그래 봐야 아무도 믿지 않을 것입니다."

"하하하하! 정말 어처구니 없지 않느냐? 지금까지 천하를 손아귀에 넣고 좌지우지하며 원하는 대로 조종을 했는데, 우리가 오히려 함정에 빠졌다니 말이다."

보통 때 같으면 대로했을 사공무경이 이번에는 즐겁다는 듯이 파안대소까지 터뜨리자 사공무천과 정운은 어떻게 받아들여야 할지 감을 잡을 수가 없었다.

"사공무천."

"예, 가주님."

"넌 창귀에 대해 상관하지 말고 대무신가의 파멸계만 계획대로 계속 이어 가라. 정운, 너는 혈사련과 암흑무림의 화를 누그러뜨릴 수 있는 당근을 준비해라."

"회유책을 준비하란 말씀이십니까?"

사공무경의 성격상 굴복을 시킬지언정 회유는 절대 없었다.

"창귀 그놈이 본 가와 중원의 사파와 마도 간에 이간질을 시켜 싸우게 하려고 하지 않느냐? 조금 자존심이 구겨지긴 하지만 알면서 그놈이 원하는 대로 하는 것도 그리 탐탁한 일은 아니지. 우선 사파와 마도 놈들이 혹할 당근을 줘서라도 그놈들이 창귀와 먼저 싸우게 만들어야겠다."

"알겠습니다."

"이제 가 봐라."

"존명!"

사공무경이 진무성을 상대하는 방식을 바꾸려 하고 있었다. 그리고 그것이 이익이 될지 손해가 될지는 아직 누구도 알 수 없었다.

* * *

백리령하와 곽청비를 다시 만난 진무성의 앞에는 막산의 전도(全圖)가 놓여 있었다.

"여기 총단으로 들어올 수 있는 길은 여기밖에 없습니다. 이곳만 지키면 누구도 침입이 어렵다는 것이지요."

천의문의 총단은 상당히 높은 절벽의 중간쯤에 형성된 큰 공터에 지어졌고 그곳을 오르기 위해서는 길게 좁게

늘어진 계단을 올라야 했다.

계단 중간중간에 경비 무사들이 주둔할 수 있도록 진지가 지어져 있어서 침입 자체가 불가능해 보였다.

하지만 그것은 보통 사람들 말이고 무림인은 달랐다. 당장 이곳에 있는 진무성과 백리령하 그리고 곽청비만 해도 계단을 통해서건 아니면 절벽을 우회하건 불가능할 것 같은 경비들을 따돌리고 얼마든지 잠입할 수 있었다.

그렇다고 효과가 없다는 것은 아니었다. 그들과 같은 초절정고수들이 흔한 것은 아니기 때문이었다.

"이곳은 비무대회가 열리는 곳이겠군요?"

백리령하가 총단 밑에 동그라미가 그려진 한 장소를 가리키며 물었다.

"예, 제 추측이 맞다면 대무신가에서는 이곳에서 혼란을 야기시켜 비무대회를 완전히 엉망으로 만들려고 할 것입니다."

"이곳에 모인 무림인들만 천 명에 달하고 총단에 속속 들어오고 있는 분들은 모두 각 문파의 어른들입니다. 아무리 대무신가라 해도 이곳에서 일을 벌인다는 것은 매우 위험하다는 것은 알 텐데 굳이 그렇게 무리하게 할까요?"

"그래서 두 분께서 저를 도와주셔야겠습니다."

연맹을 맺기로 결정을 했고 이미 세부사항까지 상당히

조율을 한 상황임에도 천외천궁과 검각에서는 아무것도 하지 않고 빈청만 차지하고 있는 것이 불편했던 둘은 진무성의 도움 요청에 반색을 하며 말했다.

"말씀하시지요."

"이 두 곳의 경계를 맡아 주셨으면 합니다. 물론 두 분만이 아니라 천의문의 문도들도 같이 경계를 도울 것입니다."

진무성이 가리킨 두 곳은 비무대회가 열릴 비무장과 천의문을 우회할 수 있는 절벽이었다.

둘의 표정을 슬쩍 본 진무성은 다시 말을 이었다.

"비무장은 제법 많은 수의 적이 준동할 것으로 보입니다만 여기 절벽은 소수의 고수들이 나타날 것입니다. 물론 정면으로 공격할 수도 있고 아예 아무 일도 없을 수도 있습니다. 하지만 그들이 공격을 한다면 이 두 곳은 무공이 강한 천외천궁과 검각이 맡아 주셔야 할 것 같습니다."

"저희가 의논해서 즉시 사람들을 배치하겠습니다. 그런데 진 형께서는 그들이 기습을 한다면 어떤 방식을 사용할 것이라 생각하십니까?"

백리령하의 말에는 중요한 의미가 있었다. 실제 그들이 부딪쳤던 대무신가의 무공은 대단히 강했다. 구마종이라 자처하는 자들의 무공은 싸움을 통해 그들보다 상당히 위라는 것도 이미 절감하고 있었다.

하지만 지금 이곳을 치는 것은 그들이 아무리 강하다 해도 쉬운 일일 수는 없었다.

더욱이 그들이 진짜 마교라면 분명 그들이 전혀 예상 못한 기상천외하고 악랄한 수법을 사용할 확률도 배제할 수 없었던 것이다.

"정파라면 어떤 식으로 기습을 했을까요? 아니 말씀하실 필요는 없습니다. 어차피 예상이 가능하니까요."

곽청비가 답하려 하자 진무성은 제지하고는 말을 이어갔다.

"그러나 마교는 다릅니다. 그들은 사람이 얼마나 죽든 상관이 없는 자들이지요. 어떤 방법을 쓸지는 마교의 방식을 유추하면 대충은 답이 나옵니다."

"정말 그들이 어떤 공격을 할지 예측이 가능하다는 것입니까?"

"저를 죽이는 것이 목적이라면 손님들이 모두 돌아간 후, 저희의 경계심이 좀 풀어졌을 때를 기회로 잡을 것입니다. 시간상 사 일 후가 가장 적당할 것입니다. 하지만 창방식 날 공격을 한다면 그건 혼란을 야기해 창방식을 망치고 저에 대해 비난이 쏟아지게 하기 위한 것이라고 봐야겠지요."

만약 창방식 날 대량 살상이 벌어진다면 당연히 창방을 주도한 천의문에 책임이 쏟아질 것은 자명했다. 게다가 과할 정도로 신격화되어 있는 창룡의 명성까지 폭락하게 할 수 있었다.

"그렇다면 어떤 수법을 사용할 것이고 보십니까?"

"대량 살상이 가능한 방법은 그리 많지 않습니다. 독공과 화공이지요. 귀가에서 전 그들이 대량의 화약을 폭발시키는 것을 직접 보았습니다."

진무성의 말에 그녀들의 얼굴이 굳어졌다. 진짜 화약을 사용한다면 빽빽하게 몰려 있는 군웅들을 몰살시킬 수도 있기 때문이었다.

"하지만 이곳에 대량의 화약을 반입한다는 것은 불가능하지 않겠습니까?"

"당연히 그것은 어렵지요. 하지만 소형의 벽력탄을 숨겨 들어오는 것은 가능합니다. 하나 벽력탄은 불을 붙여 던져야 하는 번거로움이 있습니다. 숨어서 적을 공격할 때는 효과가 좋지만 사람들이 많이 모인 곳에서 벽력탄에 불을 붙인다면 오히려 반격을 받거나 던지기도 전에 자신이 폭사할 수도 있겠지요."

백리령하는 조심스럽게 반문했다.

"진 형께서는 저들이 독을 사용할 것이라고 판단하신

모양입니다?"

"가장 효과가 있고 간편하니까요. 실제로도 마교에서 독을 사용하여 무림인들을 몰살시킨 역사가 있지 않습니까?"

곽청비가 놀란 듯 받았다.

"맞아요. 구마종에 독마종도 있어요."

순간 방 안에 적막이 내려앉았다.

10장

 만약 독마종이 진짜 나타나 독을 뿌려 댄다면 상황이 심각해질 것은 너무 뻔했다.
 "진 형, 진짜 독마종이 나타날까요?"
 "그거야 알 수 없지요. 하지만 준비는 해야 하지 않겠습니까?"
 "제가 보기에는 이미 준비하신 것 같은데 아닌가요, 진 대협?"
 곽청비는 의미심장한 표정으로 물었다.
 "독마종에 대해 준비한 것이 아니라 대무신가에 대해 준비를 한 것이지요."
 "가만 보면 진 대협께서는 대무신가에 대해 정말 많이

아시는 것 같아요. 혹시 저희가 모르는 정보망이라도 가지고 계신 것 아니세요? 연맹을 맺기로 하셨으면 그 정도는 저희와 공유해 주셔야 하는 것 아닐까요?"

"제가 거기까지는 생각을 못했군요. 맞습니다. 제게는 다양한 정보망이 있습니다. 이왕 이렇게 된 이상 말씀드리지요."

'진짜로 있었어?'

곽청비는 그냥 해 본 말이었는데 진무성이 오히려 동의를 하자 미소를 지며 답했다.

"그렇게 해 주신다면 서로 간에 신뢰가 더 쌓일 거라고 봅니다."

진무성은 백리령하도 기대 어린 눈으로 자신을 보자 고개를 끄덕이며 입을 열었다.

"우선 개방에서 제게 많은 정보를 알려 주시고 있습니다."

"개방에서 진 형에게 정보를 준다고요?"

둘의 눈이 동시에 커졌다. 개방에서 정보를 준다는 것은 진무성을 이미 믿을 수 있는 친구로 여기고 있다는 의미였기 때문이었다.

"벌써, 개방까지 진 대협께 협조를 하고 있었다니 정말 놀랍네요."

"정상회도 제게 정보를 주는 중요 협력 세력입니다."

"정상회는 뭐지요?"

"보통은 정보 상인들이라고 하더군요. 하오문에 속해 있는 정보 상인들의 조직이 정상회입니다."

"정보 상인이 대가 없이 정보를 준다는 겁니까?"

정보를 산다고 했다면 역시 돈이 많구나 하겠지만 분명 진무성은 정보를 주는 협력 세력이라고 했다. 사는 것이 아니라 그냥 받는다는 것은 무림맹조차 하지 못하고 있는 일이었다.

"진 형에 대해서 제가 여전히 모르는 것이 이렇게 많을 줄은 몰랐습니다. 혹시 또 있으십니까?"

"각 성의 도지휘사사에게도 정보를 받을 수 있습니다."

"이제보니 무림에서 가장 큰 정보망을 가지고 있는 분이 진 대협이셨네요?"

"어쩌다 보니 그렇게 됐습니다. 그리고 이제부터 두 분과도 모든 정보를 공유할 것입니다."

'단목 공자가 진 형에게 호감을 보이면서도 극도로 경계를 해서 이상했는데 이유가 있었어······.'

백리령하는 진무성이 두렵다는 생각을 처음으로 하고 말았다.

"전 한 번 좋은 인연을 맺으면 절대 그사람을 배신하지 않습니다. 하지만 상대가 먼저 배신을 할 경우 절대 용서하지도 않습니다. 제가 무림에 몸을 담고 있는 동안 두 분과는 변치 않는 우정을 계속 이어 갔으면 합니다."

"천외천궁 역시 한 번 믿으면 그 믿음을 절대 저버리지 않습니다. 진 형과 저희는 절대적으로 신뢰하는 사이로 남을 것입니다."

백리령하의 말이 끝나자 즉시 곽청비가 말을 받았다.

"검각은 아주 폐쇄적인 문파입니다. 그래서 친하게 지내는 문파도 사람도 아주 극소수입니다. 하지만 한 번 친분을 가지면 절대 그 친분에 반하는 행동을 하지 않습니다."

마치 약속이라도 한 듯 셋은 절대라는 말을 강조했다.

그리고 그 말이 신기하게 서로 간의 믿음을 더욱 강하게 해 주고 있었다.

　　　　　　*　*　*

'에이! 성질 대로 하면 그냥 모조리…… 참자 참아!'

비무장까지 오는데 무려 여섯 번의 시험을 거친 설사덕은 당장 모조리 때려죽이고 싶은 갈등을 참느라 무진 애를 썼다.

화경의 경지인 극마지경까지 넘어선 그가 어린애 장난

같은 시험을 매번 보아야 하는 것이 너무 짜증이 났기 때문이었다.

[설사덕, 어떻게 잘 왔네?]

그때 한 여인의 전음이 그의 귀에 들려왔다. 그와 같은 구 단계 초인인 손중화였다.

[왜 내가 시험에 통과 못 할 것 같았냐?]

[네 급한 성격에 지키던 놈들을 죽이지는 않을까 생각했었지.]

[내가 아무리 성질이 못됐어도 가주님의 특명까지 잊지는 않는다. 그건 그렇고 모두 잘 올라왔냐?]

[아무런 소란도 없는 것을 보면 모두 잘 올라왔겠지. 이미 비무대회가 시작돼서 다음 비무장으로 자리를 옮기자들도 꽤 되나 보던데?]

[그런데 예상보다 정말 많이 모이지 않았어? 창귀란 놈의 명성이 하늘 끝 간줄 모르고 오르고 있다고 하더니 실감이 나네.]

[그까짓 허명, 내일이면 모두 끝난다. 마종님께서는 아직 별말 없으시지?]

[없으시다. 계획대로 잘 진행이 되고 있다는 거지. 그런데 이놈들 정말 귀찮게 하네.]

작은 비무장이 아니었지만 너무 많은 사람들이 몰리다 보니 자꾸 밀릴 수밖에 없었다. 설사덕은 그게 너무 싫었다.

[난 오랜만에 젊은 놈들하고 몸이 부대끼니 좋기만 하구만, 호호~ 나 먼저 간다.]

설사덕의 화난 목소리에 손중화는 재미있다는 듯 교소를 흘리고는 전음을 끝냈다.

이번 공격을 위해 초인동에서 나온 초인들의 수는 모두 열 명에 달했다.

언뜻 들으면, 이곳에 모인 군웅들의 수가 이미 천 명을 넘어가고 있었고 또 다른 공격 상대인 천의문 총단에는 정파 무림의 고수급 인사들 수백 명이 모이고 있으니 열 명으로 이들과 대적한다는 것은 터무니없어 보일 수도 있었다.

하나, 마종 두 명에 구 단계 초인 세 명 거기가 팔 단계 초인도 다섯 명이나 되었다. 초인동에서도 최고수급들로만 온 것이었으니 절대 부족한 전력은 아니었다.

게다가 그런 고수들이 비무인들 사이사이에 끼어 있다가 갑자기 무차별 살인을 벌인다면, 무공이 상대적으로 약하고 지휘자나 구심점이 없는 무림인들은 혼란에 빠져 수적 우위는 전혀 도움이 안 될 수도 있었다.

단, 만약 누군가 그들의 움직임을 모두 파악하고 오히려 함정을 파고 준비를 하고 있다면 그들은 스스로 적의 포위망 속에 들어간 꼴이 될 수도 있었다.

그러기 위해서는 숨어 들어온 적을 정확하게 찾아내야 하는데 천하에 단지 보기만 하여 적이 될 자를 찾을 수 있는 사람이 존재는 할까……

그런데 그런 사람이 진짜 존재하고 있었다.

산을 오르며 시험을 받는 동안 조금이라도 수상하다고 판단된 사람의 수는 무려 이백여 명이나 되었다. 이틀 후가 창방식이고 비무대회는 이미 시작된 지금 이백 명을 조사한다는 것은 시간적으로 불가능했다.

* * *

"아가씨, 잘 보이세요?"
"이건 정말 잘 보인다."
"총관님께서 파샤 상인에게 금자 백 냥을 줬대요. 구하기 정말 어려운 물건이라고 하더라고요."

금자 백 냥이면 성도 가장 비싼 땅에 지어진 거대한 장원 한 채 값이었다. 그렇게 비싼 물건이 무엇일까?

설화영이 눈에 대고 있는 물건은 상당히 기다란 통이었다. 바로 먼 곳을 보는 망원경이었다.

수상해 보인다고 지목된 사람의 옆에는 그들 모르게 천의문도들이 약속된 모양의 복장을 하고 서 있었다.

설화영은 그들을 망원경으로 관상을 살피고 있었다. 그리고 위험하다고 판단되는 자들을 한 명 한 명 종이에 적고 있었다.

물론 그들 위주로 보면서도 망원경을 옮기는 동안 보이는 사람들은 모두 살피고 있었다. 그렇게 해서 그녀가 지적한 사람은 총 삼십일 명이었다.

수상하다고 했던 이백여 명 중에서 지적된 사람은 스물두 명이었고 그녀가 새롭게 지적한 사람이 아홉 명이었다.

"초선아, 상공께 이 종이를 전해 주고 오너라. 특히 빨간색으로 적은 자들은 굉장히 위험한 관상을 지니고 있었다."

종이에는 복장과 생긴 모양 등이 자세히 적힌 빨간 글씨가 상당한 분량을 차지하고 있었다.

종이를 건넨 설화영은 다시 망원경을 눈에 대고는 비무장을 살피기 시작했다. 최대한 많은 사람들을 조사할 생각이었다.

그리고 그녀가 지적한 사람들에 대한 특별 감시가 시작되고 있었다.

* * *

진무성은 천의문 총단을 벌써 세 번째 돌아보고 있었다.

적이 숨어 들어온다면 어디로 들어올지, 들어왔다면 다음은 어떤 행동을 할지 등을 자신이 침입자라는 가정하에 분석하고 있었다.

그냥 무공만 믿고 쳐들어온다면 그것은 크게 두려워 할 필요가 없었다. 결국 남는 것은 벽력탄을 이용한 화약공격과 기름 등을 사용한 화공, 그리고 독이었다.

우선 화공은 먼제 제외가 되었다. 불화살을 이용해 불을 붙이는 것은 사실 쉽지 않았다.

수군들 싸움에서 불화살이 효과가 좋은 것은 배에 물이 스며들지 않게 하기 위해 나무에 기름을 먹이기 때문이었다. 하지만 산속에 짓는 장원의 나무들은 오히려 불이 번지지 못하게 내화 처리를 하는 경우가 대부분이었다. 그렇다면 먼저 들어와 장원 주위에 기름을 뿌려야 하는데 기름 냄새는 상당히 강하기 때문에 즉각적으로 들킬 것이 분명했다.

벽력탄 역시 지금 천의문의 상황에서는 그리 효과적이지 않았다.

주위에 숨어 있다가 포위망에 들어온 적을 향해 동시에 벽력탄을 던진다면 효과를 볼 수 있었다. 하나 한두 명 잠입해서 벽력탄은 던지는 것은 작은 소란을 일으키는 정도밖에 안 되기 때문이었다.

게다가 벽력탄에 불을 붙이고 던져야 하는 과정까지 가정한다면 무림 고수들이 태반인 이곳에서 그것에 맞아 죽을 사람은 거의 없다고 봐도 무방했다.

'결국, 독밖에 없다는 말인데……'

진무성은 현 상황에서 가장 좋은 공격은 독밖에 없다는 결론을 얻었다. 그럼 다음은 어떻게 용독을 할 것이냐가 관건이었다.

호흡기로 중독을 시키는 독탄은 방안에 있는 자들에게는 효과가 있지만 외부에서는 터뜨려 봐야 효과가 반감이 된다. 더욱이 천의문 같이 지대가 높은 곳에서는 바람이 상당히 강하게 불기 때문에 더욱 무용지물이었다.

그렇다면 먹는 음식물에 독을 넣은 것이 가장 좋을 수밖에 없었다. 식사하는 음식에 독을 넣을 경우 수많은 사람을 한꺼번에 중독을 시킬 수 있었다.

하지만 무림 고수들은 후각 역시 많이 발달해 있었다. 냄새가 없는 독을 뿌릴 수도 있지만 음식에 들어간 독은 맛을 변형시키기 때문에 분명 이상을 느끼는 사람이 나올 것은 분명했다.

더구나 이곳에는 독에 대해 아주 잘 아는 당가 사람들도 있었다.

결정적으로 모든 음식에 독약을 넣지 못하고 한두 가지

음식에만 넣는다면 많은 사람을 중독시키기 어렵다는 점이었다.

'물, 그래 물밖에 없어.'

진무성은 내당당주인 오수광을 보며 물었다.

"오 당주님."

"예, 문주님."

"천의문은 물을 어디서 조달합니까?"

"먹는 물은 우물에서 조달하고 다른 데 사용하는 물은 개천에서 물을 길어와 저수 항아리에 보관합니다."

"우물은 몇 개나 있습니까?"

"이곳은 수맥이 많지 않아 우물을 한 곳밖에 뚫지 못했습니다."

"아주 적절하군요."

"예? 그게 무슨······."

"혼잣말입니다. 그럼 천의문에 우물이 한 개밖에 없다는 것을 아는 사람들이 몇 명이나 될까요?"

"이곳에서 일을 한 일군들이 수십 명이 됩니다. 그들은 다 알고 있다고 봐야겠지요."

"가 봅시다."

"예."

오수광은 급히 우물 쪽으로 그를 안내했다.

우물은 부엌과 가까웠지만 상당히 후미진 곳에 위치해 있었다.

당연히 중요한 장소였기에 경계 무사들이 네 명이나 지키고 있었다.

그들은 내당당주와 문주까지 나타나자 깜짝놀라 부동자세를 취했다.

진무성은 편하게 있으라는 듯 손짓을 하고는 우물 주위를 둘러보기 시작했다. 특히 어떻게 하면 우물까지 은밀하게 잠입할 수 있을지를 꼼꼼하게 살폈다.

진무성의 몸이 살짝 뜨더니 나무 위로 올라갔다.

그리고 곧 그의 고개가 살짝 끄덕여졌다.

'잘하면 이번 기회에 대무신가의 위험성을 모든 사람들에게 확실하게 각인 시킬 수 있겠군.'

진무성은 아주 좋은 계획이 떠올랐는지 입가에 회심의 미소가 살짝 그려졌다.

* * *

비무대회는 아주 성황리에 진행이 되고 있었다.

벽력신권과 동정조옹은 설화영이 보내 준 종이에서 지목한 자들의 비무를 유심히 보고 있었다.

그리고 그중 한 명이 드디어 비무를 승리하자 옆에 있는 누군가에게 눈짓을 했다.

그는 초인은 아니었고 암흑무림에서 보낸 자로 온설평이라는 자였다.

승리의 미소를 지으며 내려온 그에게 다가간 천의문도는 공손히 예를 갖추고는 말했다.

"실력이 뛰어나셔서 다음 비무는 그냥 통과하셨습니다. 저를 따라오십시오."

온설평은 약간 의아한 표정을 지었지만 아무 의심 없이 둘의 뒤를 따라갔다.

어떤 일이 자신에게 벌어질지 전혀 짐작도 못하는 그였다.

* * *

그 시각, 진무성은 또 한 명의 기다리던 반가운 손님을 맞이하고 있었다.

"단목 공자님께서 이렇게 직접 와 주시다니 영광입니다."

"당연히 와 봐야지요. 다만 초대장을 보내 주시지 않아서 제가 오는 것을 꺼려 하시는 것은 아닌가 하는 생각에 좀 망설였습니다."

 단목환이 초대장을 무림맹에 보내지 않은 것에 서운하다는 듯 말하자 진무성은 미소를 지으며 답했다.

 "작은 문파가 조촐하게 시작하는 창방식입니다. 그런데 무림맹 같은 거대 세력에 초대장을 보내는 것은 무례하게 보일 수도 있다는 생각을 했습니다. 그래서 오시고 싶으신 분만 찾아오라고 일부러 초대장을 보내지 않았습니다."

 "누가 있어 천하의 창룡 대협께서 초대장을 보낸 것을 무례하게 생각하겠습니까?"

 "운이 좋아 작은 명성을 얻긴 했지만 그래 봐야 말학후배일 뿐이지요. 백리 형과 곽 검주님께서도 와 계십니다."

 "알고 있습니다. 그런데 매우 중요한 결정을 할 거라고 하던데 제게는 말을 해 주지 않더군요."

 "결정을 어제 했습니다. 그래서 말씀을 못 드린 것일 겁니다. 두 분 오시면 자세히 말씀드리겠습니다."

 "이미 상당한 문파에서 사람들을 보낸 것으로 아는데 모두 인사는 하셨습니까?"

 "아직 인사는 하지 못했습니다. 그래서 오늘 밤 모두 모시고 만찬을 열고 정식으로 인사를 드릴 생각입니다."

 "최소한 수백 명은 될 텐데 아주 큰 만찬이 되겠군요?"

"그렇지요. 그리고 단목 공자님께만 먼저 말씀드리지만 아주 흥미진진한 일도 있을지 모르겠습니다."

"진 대협께서 흥미진진하다면 또 세상이 발칵 뒤집힐 일이 벌어지는 것입니까?"

"그 정도로 큰일은 아니지만 정파에서 경각심을 직접 느낄 수 있는 사건이 벌어질지도 모르겠습니다. 하지만 그런 일이 없으면 더 좋겠지요."

"기대하겠습니다. 그런데 백리 공자님과 곽 검주님은 어디 가셨습니까?"

"제가 부탁드린 것이 있어서 그 일을 좀 하고 계신 것 같습니다."

"그럼 지도 할 일을 좀 주십시오."

"귀하신 손님께 일을 줄 수는 없지요. 대신 부탁을 하나 드려도 되겠습니까?"

"뭐든지 말씀하십시오."

"같이 오신 분들이 많으십니까?"

"삼십여 명 같이 왔습니다. 이십 명은 비무 구경을 한다고 비무장에 있고 간부급 대협들께서는 지금 빈청에서 기다리고 계십니다."

"그럼 그분들과 같이 백리 형께 가십시오. 아무래도 도움이 좀 필요하실 지도 모르겠습니다."

"어디로 가면 되겠습니까?"

* * *

안내하는 무사들을 따라온 온설평은 커다란 공터에 수십 명에 달하는 무림인들이 모여 있는 것을 보자 그제야 뭔가 잘못됐음을 감지한 듯 걸음을 멈추고는 긴장한 표정으로 안내하던 무사에게 물었다.
"여긴 비무장이 아니지 않소?"
"다음 비무장에 가기 전에 의례적으로 들르는 곳입니다."
온설평은 비무 대회에서 의례적으로 들르는 곳이 있다는 말은 들어 본 적이 없었다.
"그냥 오시지요. 몇 가지만 물어보면 됩니다."
그때, 공터의 중앙에 앉아 있던 잘생긴 청년이 그를 불렀다.
"난 천의문에서 문도를 뽑는다 해서 비무를 하기 위해 온 것이지 이유도 모른 채 질문을 받기 위해 온 것이 아니오. 난 비무를 포기하고 그냥 돌아가겠소."
온설평은 우선 이곳을 빠져나가기로 결정했다. 그만큼 그가 느끼는 압박감이 컸기 때문이었다.

몸을 돌리던 그는 급히 검을 빼 들었다. 그의 앞을 다섯 명의 무인들이 막았기 때문이었다.

"뭐요! 설마 문도를 뽑는다고 해 놓고 사람을 유인해 죽이기라도 하려는거요?"

"공자님께서 잠깐 대화 좀 하자는데 이렇게까지 거부하시는 이유가 뭡니까?"

"지금 나를 겁박하시는 거요? 더 이상 천의문의 문도가 될 생각이 없으니 그냥 돌아가겠다는 거요."

"정말 말 안 듣네? 자꾸 이러면 변명도 못하고 그냥 죽을 수 있습니다."

온설평은 자신의 고막을 뚫어 버릴 듯한 강력한 사자후에 온몸을 부르르 떨었다. 그가 상대할 수 있는 자가 아니라는 것을 직감했기 때문이었다.

자신이 감당할 수 없는 고수에 척 보기에도 자신에게 뒤지지 않을 것 같은 수십 명의 무인들.

온설평은 검을 다시 검집에 넣고는 몸을 돌렸다. 혹시나 하고 큰소리 쳐 봤지만 이미 빠져나가기는 틀렸다는 것을 안 이상 우선 그의 말을 듣는 것이 신상에 좋을 것임은 자명했다.

그는 중앙에 앉아 있는 청년에게 조심스럽게 다가갔다.

"거기 앉으세요."

온설평은 그의 앞에 있는 의자에 앉았다.

"빨리 끝내지요. 어디서 오셨습니까?"

청년은 백리령하였다. 그녀의 음성은 진무성과 있을 때와는 완연히 다르게 추상 같았다.

"전 복건의……."

"제가 묻는 것은 어느 문파의 사주를 받고 비무에 참석했느냐는 겁니다."

자신의 대답을 그대로 끊어 버리는 백리령하의 모습에 온설평은 가슴이 섬칫함을 느꼈다.

"저는 천의문도가 되기 위해……."

하지만 이번에도 그의 말은 끊어지고 말았다.

"끝내 벌주를 마셔야 정신을 차리겠군요. 한 번만 더 묻겠습니다. 제가 원하는 답이 나오지 않는다면 더 이상 질문을 하지 않겠습니다."

백리령하는 말 그대로 더 이상 묻지 않고 잠시 억류나 해 둘 생각이었다. 하지만 온설평은 죽인다는 말로 들었다.

"누구의 사주를 받고 어디서 왔습니까?"

"……전 암흑무림에서 왔습니다. 사주를 받은 것이 아니라 창룡 대협이 문파를 세운다고 해서 그저 궁금해서 온 것뿐입니다."

온살평은 결국 이실직고하고 말았다. 문도가 되어 간세 노릇을 어느 정도 하다가 걸렸다면 무조건 오리발을 내밀었겠지만 아직은 천의문도도 아니었고 알아낸 것도 전혀 없으니 굳이 답을 하지 않아 목숨을 잃는 우를 저지를 필요는 없었다.

"같이 온 사람들은 몇 명입니까? 지금 당신처럼 간세짓를 하려고 비무대회에 참가한 자들을 모두 잡아내고 있습니다. 솔직히 말하면 아무 일없이 돌아갈 수 있지만 거짓을 말했다가 들키면 그땐 간세로 처벌할 수밖에 없습니다."

"그…… 저랑 같이 온 사람들은 모두 세 명입니다. 같은 암흑무림이라해도 다른 곳이 명령을 받고 왔다면 저도 모릅니다."

"세 명이 누구인지 알려 주시면 비무를 중단시키고 안전하게 하산을 할 수 있게 해 드리겠습니다."

온설평은 결국 세 명에 대해 말할 수밖에 없었다.

"왜 점혈을 하는 겁니까? 우린 아직 간세 짓을 하지 않았고 원하는 대로 같이 온 동료들도 말했지 않습니까?"

말을 끝낸 온설평이 사색이 되어 당황한 목소리로 말했다. 자신의 뒤에 서 있던 검노가 그의 혈을 짚어 버렸기 때문이었다.

"불편해도 잠시만 참으십시오. 창방식이 끝나면 안전하게 돌아갈 수 있도록 할 겁니다."

백리령하의 말이 끝나자 검노는 온설평의 아혈까지 점혈해 버렸다. 그리고 한 청년이 다가와 그를 어깨에 둘러매고는 어디론가 사라졌다.

"경계를 서 달라는 줄 알았는데 이런 일인 줄은 몰랐군."

비무장에서 열심히 비무를 하는 와중에 백리령하는 의심쩍은 자들을 이곳으로 불러 모아 한 명씩 제압을 하고 있었다.

그는 설화영이 보내 준 종이에 선을 그었다. 제압이 끝난 자들을 지운 것이다.

'혈사련이 두 명에 암흑무림이 세 명, 천존마성도 두 명이라…… 도대체 누가 이렇게 정확하게 간세들을 짚어 낸 거지?'

어느덧 일곱 명을 제압해 가둔 백리령하는 신기하다는 표정으로 종이를 다시 읽고 있었다.

어떤 증거도 없이 심증만으로 끌고온 자들이 한 사람도 예외 없이 모두 간세들이었다. 그것은 사실 매우 특이한 것이었다.

'독심술이라도 정말 하는 건가?'

백리령하는 벽력신군을 비롯 동정삼옹 같은 초절정 고수들이 천의문도라는 것에 매우 놀랐었다.

다른 문파에 있었다면 너끈히 장로는 할 수 있는 명망(名望) 있는 무림의 원로들이었기 때문이었다. 게다가 천의문의 문도들 역시 매우 절도가 있었고, 무림맹의 정예 무인들에 비교해도 손색이 없을 정도로 상당히 강한 무공을 지니고 있었다.

그녀가 본 진무성은 언제나 혼자였고 심지어 바쁘기까지 했다. 그런데 단지 본 것만으로 간세를 찾아내는 신기한 능력을 가진 사람까지 데리고 있다니……

그녀는 진무성이 언제 이렇게 탄탄한 조직을 구축할 수 있었는지 신기할 정도였다.

[공주님, 단목 공자님께서 오셨습니다.]

생각에 잠겨 있던 백리령하는 놀라 고개를 들었다.

단목환이 삼십 명이 넘는 무림맹의 맹도들과 오고 있는 것이 보였다.

"귀하신 분이 이런 곳에서 고생을 하고 계실 줄은 몰랐습니다."

만면에 미소를 지은 단목환은 포권을 하며 반갑게 말했다.

"단목 공자님이야말로 어떻게 여기로 오셨습니까?"

"오늘 도착했는데 진 대협께서 공주님을 도와주었으면 한다고 하시더군요."

"진 형이요?"

"예. 제가 도움을 줘야 할 만큼 대단한 자가 있다는 의미 아닐까 싶었습니다."

백리령하도 진무성이 이유없이 단목환을 이곳으로 보내지는 않았을 것이라고 판단했다.

"곧 이유를 알게 되겠지요. 우선 앉으세요."

둘이 오랜만의 회포를 푸는 그 시각……

* * *

설사덕의 비무 상대는 일류급의 무공을 지닌 나름 상당히 강한 자였다.

'엄지 손가락으로 쿡 누르면 죽을 것 같은 놈과 막상막하로 싸우려니 더 어렵군.'

이십 초나 드잡이질 하고는 간신히 이긴 것처럼 승리한 그는 짜증스러운 표정으로 비무대를 내려갔다.

그때 그의 앞으로 두 명의 무인이 다가오더니 공손히 포권을 했다.

"뭐지?"

설사덕이 의아한 듯 쳐다보자 한 무인이 말했다.

"무공실력이 비무를 거칠 필요가 없다고 판단한 윗분께서 대협을 청하셨습니다."

"윗분이면 누구를 말하는 것이오?"

"총관님이십니다. 잘하시면 총단으로 곧장 가실 수도 있습니다."

설사덕은 비소를 살짝 그리며 말했다.

"가 봅시다."

그는 귀찮은 비무를 뛰어넘을 수 있다는 것이 마음에 들었다.

'어딜 가는 거지?'

그리고 사라지는 그를 한 여인이 고개를 갸웃하며 쳐다보고 있었다. 손중화였다.

* * *

"그러니까, 여기서 창방식에 분탕을 치거나 천의문에 간세로 입문하려는 자들을 먼저 제거한다는 말이군요?"

"무조건 제거는 아닙니다. 아직 실제로 해악을 끼치지는 않았으니까요. 하지만 대무신가 놈들은 이유 여하를 막론하고 제거하라고 진 형이 말하시더군요."

"진 대협께서는 대무신가를 굉장히 위험한 집단이라고 확신을 하시는 모양이군요?"

"천년마교의 부활이라고 보니까요."

"아직 밝혀진 것은 없습니다. 심증일 뿐이지요."

백리령하는 역시 신중한 단목환을 보며 진무성이 왜 무림맹에 들어가지 않고 독자적으로 연맹을 만들려고 하는지 알 것 같았다.

'확실히 답답한 면은 있어…… 잘못하면 기회를 놓칠 수도 있다는 것을 정말 모르는 것일까?'

잘못된 결정으로 급하게 행동을 취했을 때 생길 수 있는 실수를 줄이는 데는 신중한 것이 대단히 도움이 된다. 하지만 엄중함만 강조하다가는 적기를 놓칠 수 있었다.

누가 잘못이라고 할 수는 없었다. 서로 간에 장단점이 뚜렷하기 때문이었다. 중요한 것은 현 상황이었다.

신중함이 필요한 시기인지 아니면 먼저 선공을 펼쳐야 할 시기인지는 사람마다 생각이 달랐다. 그리고 백리령하는 진무성의 생각에 더 마음이 기울고 있는 것은 사실이었다.

[공주님, 또 한 명이 오고 있습니다.]

대화를 나누던 백리령하의 귀에 검노의 전음이 들려왔다.

"단목 공자님께서는 잠시 뒤에 서 주시겠습니까?"

"그러지요."

단목환이 뒤로 가 검노 옆에 서자 곧 천의문도의 안내를 받으며 설사덕이 오고 있었다.

'뭐야? 분위기가 영 이상한데? 이놈들이 내 정체를 알아낸 거 아니야?'

공터로 다가가는 설사덕의 표정이 살짝 변했다. 눈에 보이는 무인들만 수십 명, 그런데 그의 기에 감지되는 자들이 또 수십 명이 있었다.

전형적인 함정의 티가 났다.

설사덕은 공터의 중앙에 앉아 있는 젊은 청년을 보자 씨익! 미소를 지었다.

온설평은 이곳에 들어서자 바짝 긴장을 하고 겁을 집어먹었다. 그러나 설사덕의 얼굴에는 두려움 따위는 보이지 않았다.

오히려 적들이 먼저 정체를 알아 버려서 생기는 일이니 가주의 명을 어긴 것은 아니라는 생각에 기분이 좋아질 정도였다.

그만큼 스스로의 무공에 자신이 있었기 때문이었다.

그때 백리령하의 목소리가 들려왔다.

"이리 와 의자에 앉으세요."

설사덕은 백리령하를 똑바로 보며 그녀의 앞에 놓인 의자에 앉았다.

동시에 백리령하의 아미가 살짝 좁아졌다. 지금까지 상대했던 자와는 완연히 다른 그의 태도 때문이었다. 심지어 그의 무공의 경지를 감지할 수 없었다.

'무공이 낮거나 나보다 높거나…….'

그녀는 그의 무공이 그녀보다 더 높다고 판단했다. 경지가 낮았다면, 이런 상황에서 이렇게 태연한 모습을 보일 수는 없기 때문이었다.

"설사덕이라고 방명록에 쓰셨던데 본명이신가요?"

"이름을 속이지는 않소."

"그럼 왜 무공을 속이며 천의문에 들어오려고 하신 겁니까?"

"상대도 안 되는 놈들에게 속일 것이 뭐가 있겠소? 그냥 죽이지 않으려고 힘을 좀 덜 썼던 것뿐이오."

백리령하는 슬쩍 그의 호승심을 자극해 보기로 했다. 지금 들은 그의 한두 마디만 들어 보아도 상당히 교만한 성격이라는 것을 알 수 있었기 때문이었다.

"보기와는 달리 겁이 많으시군요? 인정을 하지 않으시겠다고 하시니 살려 보내 드리지요."

설사덕의 인상이 확 구겨졌다. 다혈질적이며 폭급하기

까지 한 그의 역린을 건드린 것이었다.

"겁? 그리고 살려 보내 줘? 하하하하! 정말 어이가 없구나! 지금 내가 겁이 나서 거짓말을 하고 있다는 거냐?"

말투까지 바뀐 그를 보며 백리령하는 미소를 지었다. 진무성의 화술에서 배운 것을 한 번 써 본 것뿐인데 효과가 즉각적으로 나왔기 때문이었다.

"지금 감히 제게 반말을 하셨나요?"

"감히? 이 젖비린내도 가시지 않은 어린놈이 누구에게 감히라는 말을 쓰는 거냐! 넌 내가 누군 줄 아느냐!"

"대무신가에서 나온 놈이라는 것은 확실히 알지."

백리령하는 설사덕이 흥분을 하면서 감추고 있던 마기가 진하게 뿜어져 나오자 대무신가에서 나온 지라는 것을 확신했다.

설사덕 역시 살기를 비춘 이상 더 참을 이유가 없었다. 무엇보다 이곳에 온 목적이 창방식을 망치기로 한 것인만큼 이 정도의 인물이라면 충분해 보였다.

더구나 자신은 따로 불려올 정도로 의심받는 상황. 오히려 소란을 일게 하는 게 모두에게 더 좋아 보였다.

"모조리 죽여 주마!"

설사덕의 소매에서 매의 발톱 모양의 갈고리가 튀어나왔다.

조법은 손에 끼는 장조(掌爪)와 조의 끝에 줄을 매달아 매가 사냥감을 노리며 날아가듯 던지는 응조(鷹爪)가 있었다.

응조는 가느다란 줄을 휘두르는 것은 채찍과 비슷하지만 무게가 있는 응조가 달려 있어 제어하는 데 더 어려웠다.

타격을 가할 때는 철퇴를 내려치는 것과 비슷했지만 두껍고 짧은 쇠사슬로 연결된 철퇴와도 그 운용법이 완전히 달랐다. 한마디로 극악의 난이도를 가지고 있어서 지금은 응조를 사용하는 무림인들은 거의 없었다.

하지만 완벽하게 사용만 하게 된다면 채찍의 변화와 철퇴의 파괴력, 거기에 응조 특유의 잔인함까지 더해져 그 위력은 다른 무기와 비할 데가 없다 할 정도로 강력했다.

설사덕이 펼친 것은 응조법이었다.

소매에서 튀어나온 응조는 마치 화살이 날아가는 듯 직선으로 전광석화 같은 속도로 백리령하를 그대로 덮쳐갔다.

백리령하는 이미 선제 공격의 낌새를 눈치채고 준비를 하고 있었지만 그 공격의 빠르기와 신랄함에 깜짝 놀랄 정도였다.

탁!

찌리리!

그녀의 검이 응조를 쳐 내자 둔탁한 굉음이 터져 나왔다. 백리령하는 팔이 저릴 정도로 흔들리자 급히 공력을 끌어올렸다.

"어어억!"

그때 누군가의 비명 소리가 터져 나왔다.

그녀가 쳐 낸 응조가 다른 쪽에 서 있던 천의문도의 가슴을 찢고 지나간 것이었다.

챙! 챙! 챙……!

응조에 당한 천의문도는 갈비뼈와 내장이 보일 정도로 가슴팍이 완전히 뜯겨나가며 그대로 즉사하고 말았다. 그리고 그것을 본 무사들이 무기를 빼 들고는 설사덕을 포위했다.

"악!"

"크아악!"

사냥하는 매처럼 공중을 도는 응조를 보며 공격의 기회를 엿보던 무림맹의 무사와 천외천궁의 무사들의 입에서 비명이 터져 나왔다.

전혀 예상도 못했던 또 다른 응조가 설사덕의 다른 소매 속에서 튀어나와 그들을 공격했기 때문이었다.

'두 개나?'

백리령하의 눈이 커졌다.

하나도 어렵다는 응조를 양팔에 하나씩 잡고 휘두르는 설사덕의 모습은 실로 흉흉했다.

[백리 공주, 저번에 보았던 장마종과 비슷한 실력을 가지고 있는 것 같습니다. 저희가 나서야 할 것 같습니다.]

한 명의 상대에게 다수가 합공을 하는 것은 비겁하다하여 정파인들은 합공을 하는 것을 매우 꺼려 했다. 하지만 지금은 그대로 있다가는 피해가 너무 커질 수 있었다.

단목환의 전음을 받은 백리령하는 검노에게 공격하라는 듯 눈짓을 하고는 설사덕을 향해 몸을 날렸다. 그 뒤를 단목환과 검노, 그리고 단목환과 같이 온 무림맹의 장로 신주일협까지 모두가 동시에 공격에 나섰다.

네 명이나 죽이며 단숨에 모두를 죽일 것 같이 기세등등하던 설사덕의 얼굴이 초수가 많아질수록 심각하게 굳어져 갔다.

'내가 너무 자만했나? 이제 창방하는 문파에 고수가 왜 이렇게 많은 거야?'

사공무경은 계획이 끝날 때까지 개인적인 행동은 절대 금하라는 명령을 내렸었다. 하지만 설사덕은 창귀만 아니라면 누가 있어 자신을 당할 수 있겠느냐는 생각을 가지고 있었다.

그런데 비록 합공이라고 하지만 자신이 밀리자 당황할 수밖에 없었다. 검노와 백리령하는 빠른 보법과 천외천궁 특우의 쾌검을 이용한 공격으로 설사덕의 움직임을 둔화시켰고 내공이 강한 신주일협은 강력한 장풍으로 그의 빈틈을 공격했다.

설사덕의 요혈만 노리는 단목환의 공격도 그를 곤혹스럽게 하고 있었다.

거기다 평상시라면 그저 학살의 대상에 불과했을 무인들도 수시로 끼어들어 빈틈을 공격하고 급히 뒤로 빠지는 행태도 그의 짜증을 유발시켰다.

"정말 신경질 나게 하는군!"

설사덕은 분노힌 목소리로 크게 소리치디니 두 팔을 교차했다. 그러자 응조가 꽈배기처럼 꼬이더니 한 개의 무기로 변해 버렸다.

한 개로 변한 응조의 모습은 마치 날아다니는 쌍두사 같았다.

위력이 두 배로 커진 응조였지만 대신 속도가 떨어지는 것은 막을 수 없었다.

거기다 응조의 살상을 막는데 치중했던 백리령하의 검식이 급변하며 살검으로 변하자 공격의 양상까지 달라졌다.

'저게 정말 대무신가의 일개 무인이란 말인가…….'

언제라도 밀린다 싶으면 뛰어들 준비를 하며 전황을 주시하던 천외천궁의 고수들과 무림맹의 고수들의 눈은 경악으로 커져 있었다.

무림맹의 정파인들이 차세대 절대자로 이미 낙점하다시피한 단목환과 그들 중 가장 무공이 높은 신주일협, 거기다 보기에도 대단한 무공을 지닌 천외천궁의 두 무인까지 그들로서는 한 명도 상대하기 벅찬 고수 네 명의 협공을 받으면서도 버티고 있는 설사덕의 무공은 모두를 놀라게 하기에 충분했기 때문이었다.

* * *

설사덕이 악전고투를 벌이고 있던 그 시각.

[너희들은 계속 비무를 해라.]

팔 단계 초인들 다섯 명에게 전음을 보낸 손중화는 설사덕이 사라진 방향을 향해 몸을 날렸다.

이십 명이 넘는 천의문도들이 다른 곳으로 빠지지 않고 비무대를 통해 산을 올라가도록 통제를 하고 있었지만 그녀가 사라지는 것을 발견한 사람은 아무도 없었다.

아니, 그녀 생각은 그랬다.

'이쪽으로 갔는데?'

그녀는 마치 개가 냄새로 상대를 찾아가듯 코를 벌름거리며 설사덕을 찾고 있었다. 그녀가 계획까지 팽개치고 설사덕을 찾아나선 이유는 왠지 모를 위기 의식을 느꼈기 때문이었다.

그때 그녀의 귀에 특이한 소리가 들려왔다.

'뭐야, 저놈은?'

그녀가 향한 숲속에는 한 청년이 나무껍질을 손으로 만지며 무엇인가를 보고 있었다.

손중화는 잠시 머뭇거리더니 그의 옆으로 다가갔다. 음탕한 그녀가 그냥 가기에는 청년의 얼굴이 너무 잘생겼던 것이다.

"뭘 그렇게 보냐?"

"벌레 한 마리가 나무에 구멍을 파고 들어갔습니다. 그래서 그 벌레를 잡으려고 파는 중입니다."

"그걸 잡아서 뭐하려고?"

"이렇게 크고 단단한 나무지만 이 조그만 벌레 한 마리 때문에 죽을 수도 있습니다. 그래서 미연에 방지하려고 하는 겁니다."

청년의 말에 손중화는 웃기는 자식이네 하는 표정을 지으며 물었다.

"그런데 넌 왜 여기 있는 거냐? 너도 천의문도가 되려고 온 거냐?"

"그렇다고 봐야지요."

손중화는 말하는 청년의 얼굴을 유심히 보더니 만족한 듯한 미소를 지으며 물었다.

"나를 따라가겠느냐? 만약 따라오면 네게 큰돈을 주마."

"돈을 준다고 하면 남자들이 그냥 따라가는 모양입니다?"

예상치 못한 답에 손중화는 다시 말했다.

"보통은 따라오지. 돈은 누구라도 움직일 수 있는 힘이 있으니까. 하지만 그게 안 통하면 그땐 다른 방법을 사용할 수밖에 없겠지."

"힘을 사용한다는 말이군요?"

"제법 똑똑하구나. 내가 오랜만에 무림에 나왔는데 너처럼 예쁘게 생긴 아이는 처음 보는구나."

그녀는 청년에게 홀딱 빠진 것 같았다.

"보통 나 같이 생긴 사람에게는 예쁘다는 말보다는 남자답게 잘생겼다고 하지요."

"호호호~ 그래 네 말도 맞다. 어쩌겠느냐?"

"그런데 저를 데리고 갈 시간이 있긴 하십니까? 제가

보기에 지금 다른 볼일이 있으신 것 같은데 말입니다."

 청년의 말에 손중화의 표정이 미묘하게 변했다. 아무리 그녀가 잘생긴 남자에게 환장을 했다해도 지금 이런 일을 벌일 때가 아니었다.

 한데, 고작 외모에 빠져 일을 그르칠 뻔하다니…….

 자신도 모르게 의도치 않은 일을 벌였다면 뭔가 수상한 일이 벌어진 것이 분명했다.

 그리고 구 단계 초인답게 빠른 결단을 내렸다.

 그녀는 즉각 진무성에게 장을 날렸다. 하지만 이미 늦었다.

 너무 청년에게 가까이 있던 것이다.

 이미 청년의 손에서 창이 나타나더니 빠르게 길어지며 그녀의 심장을 찔러 왔다.

 그녀는 공격을 포기하고 전 힘을 다해 보법을 펼치며 최대한 빠르게 뒤로 물러섰지만 진무성의 창에서 벗어날 수는 없었다.

 "커억!"

 손중화는 짧은 침음성을 뱉으며 자신의 심장을 뚫고 지나간 창을 손으로 잡았다. 지금 빼면 그대로 죽는다는 것을 그녀도 알고 있었다.

 그녀는 어떻게든 살아서 마종들에게 들켰다는 것을 알

리고 싶었다.

"나무를 죽이는 해충은 속으로 파고 들기 전에 제거하는 것이 가장 최선이지요. 대무신가의 가주께서 저를 너무 우습게 본 것 같습니다."

"네, 네가 창귀였구나……."

손중화는 그제야 진무성의 정체를 눈치챈 듯 허무한 눈빛으로 말했다. 동시에 그의 입에서는 피가 꿀럭꿀럭 나오기 시작했다.

조금이라도 더 살기 위해 창을 꼭 잡고 있었지만 창은 무정하게 그대로 짧아지며 그녀의 몸에서 빠져나왔다.

그리고 그녀는 싸움다운 싸움 한 번 하지 못하고 피를 분수처럼 뿜어 대며 뒤로 넘어갔다. 어찌나 억울한지 눈도 감지 못한 채였다.

"섭혼술이 생각지 못한 효능도 있었군……."

그녀가 위험을 생각도 못하고 그에게 가까이 오게 만든 힘은 바로 진무성의 섭혼술 때문이었다.

마노야는 신체적인 한계로 무공의 극한에 오르지 못하는 단점을 보충하기 위해 섭혼술의 연구에 수많은 시간을 투자했었다.

하지만 그는 모든 노력을 스스로는 한 번도 제대로 사용해 보지 못하고 진무성이 모든 과실을 따먹고 있으니 어쩌면 그에게 세상은 너무도 불공평할 수도 있었다.

*　*　*

[연락이 안 돼?]
[비무 신청을 한 자들이 너무 많아서 비무대를 여러 곳으로 분산했다는데 어디로 갔는지 찾지를 못하겠다. 한 명은 만났는데 모두 다 순조롭게 통과하고 있다고 하더라.]
[통과야 당연한 것 아니냐?]
[넌 어떻게 됐냐?]
[오늘 밤 시작해야 할 것 같다.]
[내일이 아니고 오늘이라고?]
[오늘 밤에 대규모 만찬이 있을 거라고 바쁘더라. 총단에 몰려온 모두가 모이는 만찬이라니 독을 뿌리기에는 최고의 기회다.]

놀랍게도 독마종은 천의문 총단을 제집 드나들 듯하고 있는 것 같았다.

[만찬이라고……?]
[왜 무슨 문제있어?]
[가주님의 계획에 만찬은 없었다. 거기다 내일이 적기

라고 하셨는데 오늘 밤이라니 뭔가 찝찝해서 그런다.]

[가주님께서도 창귀란 놈에 대한 예측이 전혀 안 된다고 하셨지 않느냐? 그래서 우리에게 무조건 지시를 따르지 말고 현 상황에 맞춰 판단해도 된다고 허락을 해 주신 거고. 걱정 마라. 놈들은 전혀 눈치 못채고 있다. 잘하면 창귀까지 제거하고 돌아갈 수도 있을게다.]

사공무경은 최대한 많이 죽이되 진무성과 직접적인 충돌은 무조건 피하라고 지시했었다.

사공무경이 진무성에 관한한 예측이 안 된다고 했지만 진무성을 피하고 계획도 내일 하라고 지시를 내린 것 자체가 사실은 예측을 하고 있다고 할 수 있었다.

천의문에 불기 시작한 태풍이 점점 절정으로 향하고 있었다.

(창룡군림 11권에서 계속)

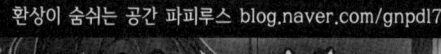

회사 때려치우고 카페 합니다

펩티드 현대판타지 장편소설

야근에 잔업, 죽어라 일만 하던 어느 날
할아버지가 돌아가셨다는 연락을 받았다
하지만 회사의 반응은 싸늘한 업무 지시뿐

"이런 X같은 회사, 내가 나간다."

그렇게 사표를 던지고 내려온 고향
할아버지가 남긴 카페로 장사나 하려는데
이 카페, 뭔가 심상치 않다?

―상태 : 만성 피로, 극도의 스트레스
>김하나의 손재주

"뭔가 이상한 게 보이는데?"

손님의 고민을 해결하고 재능을 물려받자
바쁜 일상 속의 단비 같은 힐링이 시작된다!

환상이 숨쉬는 공간 파피루스 blog.naver.com/gnpdl7

『백면야차는 죽어야 한다』

『바바리안』, 『방향독사』 성상현의 자신작!

『회생무사』

마교 부교주, 백면야차(白面夜叉)의 직속 수하이자
무림맹의 간자로서 활동했던 장평

토사구팽의 위기에서
회귀의 실마리를 잡게 되었지만

"모든 비밀은 마교 안에 있다."

다시 찾은 약관의 나이
진정한 의미의 새로운 삶을 찾아가기 위해서는
백면야차의 죽음만이 필요할 뿐이다.

새로운 시대의 영웅이 된 장평
평온한 삶을 추구하는 한 남자의 복수극이 시작된다!